Bianca™

# EL HEREDERO OCULTO DEL JEQUE

Sharon Kendrick

Cualquier forma de reproducción, distribución, comunicación pública o transformación de esta obra solo puede ser realizada con la autorización de sus titulares, salvo excepción prevista por la ley.
Diríjase a CEDRO si necesita reproducir algún fragmento de esta obra.
www.conlicencia.com - Tels.: 91 702 19 70 / 93 272 04 47

Editado por Harlequin Ibérica.
Una división de HarperCollins Ibérica, S.A.
Núñez de Balboa, 56
28001 Madrid

© 2019 Sharon Kendrick
© 2020 Harlequin Ibérica, una división de HarperCollins Ibérica, S.A.
El heredero oculto del jeque, n.º 2763 - 4.3.20
Título original: The Sheikh's Secret Baby
Publicada originalmente por Harlequin Enterprises, Ltd.

Todos los derechos están reservados incluidos los de reproducción, total o parcial. Esta edición ha sido publicada con autorización de Harlequin Books S.A.
Esta es una obra de ficción. Nombres, caracteres, lugares, y situaciones son producto de la imaginación del autor o son utilizados ficticiamente, y cualquier parecido con personas, vivas o muertas, establecimientos de negocios (comerciales), hechos o situaciones son pura coincidencia.
® Harlequin, Bianca y logotipo Harlequin son marcas registradas por Harlequin Enterprises Limited.
® y ™ son marcas registradas por Harlequin Enterprises Limited y sus filiales, utilizadas con licencia. Las marcas que lleven ® están registradas en la Oficina Española de Patentes y Marcas y en otros países.
Imagen de cubierta utilizada con permiso de Harlequin Enterprises Limited. Todos los derechos están reservados.

I.S.B.N.: 978-84-1328-783-6
Depósito legal: M-725-2020
Impreso en España por: BLACK PRINT
Fecha impresion para Argentina: 31.8.20
Distribuidor exclusivo para España: LOGISTA
Distribuidor para México: Distibuidora Intermex, S.A. de C.V.
Distribuidores para Argentina: Interior, DGP, S.A. Alvarado 2118.
Cap. Fed./Buenos Aires y Gran Buenos Aires, VACCARO HNOS.

# Capítulo 1

AQUEL era el último lugar en el que se la habría imaginado viviendo.

Zuhal frunció el ceño. ¿Jasmine? ¿Allí? ¿En una casa minúscula en medio de la campiña inglesa a la que se llegaba por un camino tan estrecho que casi no había cabido su enorme limusina? A Jasmine siempre le había encantado el bullicio de la ciudad, no era posible que estuviese viviendo en un lugar tan apartado. Tenía que haber un error.

Entonces sonrió. Nunca se había preguntado dónde viviría. Siempre que había pensado en su exuberante examante, cosa que intentaba evitar, recordaba inevitablemente su suave piel. O la tentación de sus pechos. O el modo en que ella había bañado su rostro de besos hasta conseguir que se le acelerase el corazón.

Tragó saliva.

Y aquel, por supuesto, era el motivo de su inesperada visita. El motivo por el que había decidido ir a darle una sorpresa.

Se le secó la garganta. ¿Por qué no? Le gustaba el sexo, lo mismo que a Jasmine. De todas sus amantes era la que más lo había excitado. Entre ellos habían saltado chispas desde el principio y era una pena no aprovechar aquella increíble química. ¿Qué tenía de malo ponerse nostálgico? Al fin y al cabo, ninguno de los dos había tenido otras expectativas. No había sueños que romper. No se habían pedido nada y habían tenido claros los límites. Se habían comportado como adultos. ¿Por qué no viajar al pasado y disfrutar de aquella felicidad sin complicaciones en un momento de su vida en el que necesitaba desconectar un poco?

Se puso serio al preguntarse si era sensato volver al pasado y a una mujer como aquella. Porque él nunca miraba atrás. Además, cuando uno reiniciaba una vieja relación era posible que la mujer le diese más importancia de la que tenía en realidad... y para Zuhal al Haidar todas las relaciones se limitaban al sexo.

Y, dado que Jazz era lo suficientemente realista como para aceptarlo, tal vez él pudiese permitirse el romper sus propias reglas por una vez, porque el destino lo estaba llevando por un camino que no deseaba, un camino que había alterado todo su futuro. Maldijo y lloró en silencio al insensato de su hermano, sabiendo que era imposible que volviese o que reescribiese las páginas de una historia que había cambiado su propio destino. Prefirió no pensar más en aquello y concentrarse en Jasmine Jones y su dulce cuerpo. Ella haría que se olvidase de todo salvo del deseo y de la satisfacción. Se estaba excitando solo de pensarlo porque Jasmine era la amante más dulce que había tenido.

Piso una baldosa agrietada por la que salía una planta de aspecto sano. Se le había pasado por la cabeza que Jasmine hubiese podido reemplazarlo por otro hombre en los dieciocho meses que llevaban sin verse, aunque, en el fondo, Zuhal se negaba a contemplar aquel escenario porque su ego no se lo permitía.

Pero ¿y si era así?

En aquel caso, él se retiraría elegantemente. Al fin y al cabo, era un rey del desierto, no un salvaje, aunque Jazz hubiese sido capaz de sacar su lado más primitivo. Le desearía suerte y se marcharía de allí, sin duda decepcionado por no poder volver a disfrutar de sus encantadoras curvas y sus deliciosos labios.

Empujó la pequeña verja, que necesitaba una mano de pintura, y avanzó por el camino. Al llegar a la puerta, llevó la mano a la aldaba, a la que le faltaba un tornillo, y frunció el ceño. Pensó que tendría que buscar a alguien para que arreglase todo aquello.

En otro momento.

Cuando hubiese encontrado el consuelo que tanto necesitaba.

Golpeó la puerta y sintió que el sonido retumbaba en la pequeña casa.

Jasmine hizo parar el zumbido de la máquina de coser y levantó la cabeza al oír que llamaban a la puerta y parpadeó. Le dolían los ojos porque había estado cosiendo hasta muy tarde la noche anterior.

Se los frotó con el dorso de la mano y bostezó. ¿Quién la molestaba precisamente cuando estaba tan tranquila y tenía un rato para trabajar? Por un momento, se sintió tentada de hacer caso omiso y quedarse allí, cosiendo las cortinas de terciopelo que tenía que entregar a una clienta muy exigente el miércoles como muy tarde.

Pero se puso en pie y se alejó del rincón del salón en el que tenía instalada su zona de trabajo para ir a ver quién llamaba. Que hubiese decidido cambiar de vida y marcharse de la ciudad no significaba que fuese a empezar a actuar como una ermitaña. En especial, teniendo en cuenta lo amable que había sido todo el mundo con ella desde que había llegado al tranquilo pueblo, factor que había amortiguado el golpe de su repentino y dramático cambio de circunstancias. Era probable que se tratase de alguien que quería venderle tickets para la rifa que se celebraría en la feria de primavera.

Abrió la puerta.

No, no era nadie vendiendo nada.

Su sorpresa no pudo ser mayor. Sintió los efectos físicos que, desde luego, se parecían mucho al deseo. Se le había acelerado el pulso y se había ruborizado. Le temblaron las rodillas y tuvo que agarrarse al pomo.

Aquello no podía ser verdad.

Con el corazón latiéndole todavía con rapidez, miró fijamente al hombre que tenía delante como si fuese a desaparecer de repente, envuelto en una nube de humo, si apartaba la mirada. Pero él siguió donde estaba, como si fuese de mármol. Jasmine deseó ser inmune a él, pero supo que aquello no iba a ser posible, si con tan solo verlo se le encogía el corazón y le temblaba todo el cuerpo.

Las facciones de su rostro eran angulosas y aristocráticas, tenía el pelo negro como el carbón y los ojos brillantes y casi igual de oscuros, la nariz aguileña y los labios más sensuales que había visto jamás. Iba vestido con un traje de chaqueta urbanita y moderno que contradecía su identidad, camisa blanca y corbata de seda. No obstante, Jasmine lo había visto en fotografías vestido con túnicas amplias, con las que parecía recién salido de un cuento de *Las mil y una noches*. Túnicas de color claro que habían enfatizado su piel morena y su cuerpo fuerte, acostumbrado a montar a caballo por el desierto.

Zuhal al Haidar, jeque y príncipe real. El segundo hijo de una antigua dinastía que reinaba en el país de Razrastán, rico en petróleo y en cuyas montañas se criaban purasangres y se extraían diamantes. El hombre al que se había entregado en cuerpo y alma a pesar de que él hubiese querido solo su cuerpo, decisión que ella había fingido aceptar. La alternativa habría sido rechazarlo y Jasmine se había sentido incapaz de hacerlo. Desde que se habían separado, no había pasado un solo día sin pensar en él, aunque se había imaginado que jamás volvería a verlo porque él la había sacado de su vida para siempre.

Y aquello era lo que tenía que recordar. Que Zuhal la había despreciado como a un periódico viejo.

Jasmine se mordió el labio inferior y se preguntó qué hacía allí.

Pero… lo que era más importante…

No podía permitir que se quedase mucho tiempo.

No era tonta. O, al menos, no era tan ingenua como cuando había estado con él. Había madurado desde que habían roto. Había tenido que madurar. Había aprendido que, en ocasiones, había que pararse a pensar qué era mejor hacer a largo plazo y no hacer lo que en realidad le apetecía. Así que se resistió al impulso de darle con la puerta en las narices y se obligó a sonreír con amabilidad.

–Santo cielo, Zuhal –dijo con una voz extrañamente tranquila–. Qué… sorpresa.

Él frunció el ceño, molesto con la situación. No era la bienvenida que había esperado. ¿Cómo era posible que todavía no se hubiera lanzado a sus brazos? Aunque Jazz hubiese decidido jugar un poco con él, no entendía que su mirada ni siquiera se hubiese oscurecido de deseo, o que sus labios rosados no se hubiesen separado a modo de inconsciente invitación.

No, en vez de deseo había en ella cautela y algo más. Algo que Zuhal no pudo reconocer, como tampoco reconocía a la mujer que tenía delante. La recordaba vestida como una reina, siempre bella a pesar de que se hacía la ropa ella misma porque no le sobraba el dinero. Tenía mucho estilo, era uno de los motivos por los que se había sentido atraído por ella y por el que, seguramente, el hotel Granchester la había contratado de encargada de su tienda de Londres.

Recordó su pelo de color de miel flotando a la altura de la barbilla. En esos momentos lo llevaba recogido en una práctica trenza que caía sobre un vulgar jersey con una mancha rara en el hombro. Tampoco llevaba las piernas al aire, sino enfundadas en unos feos pantalones vaqueros, prenda que nunca había utilizado en su compañía, ya que Zuhal le había contado lo poco que le gustaban.

Pero se dijo que la ropa no importaba porque no pretendía que la llevase puesta mucho más tiempo. Nada importaba, salvo el deseo que seguía sintiendo por ella.

–Hola, Jazz –le dijo en voz baja y tono íntimo, tono que había utilizado en el pasado, el tono que utilizaban las personas que habían sido amantes.

Pero la expresión de ella siguió siendo de recelo. No sonrió ni le abrió la puerta de par en par para aceptarlo en su casa y en sus brazos. No mostró interés a pesar de llevar casi dos años sin verlo. En vez de eso, asintió y Zuhal volvió a ver en sus ojos una expresión que no podía reconocer.

–¿Cómo me has encontrado?

Él arqueó las cejas. No estaba acostumbrado a que lo tratasen de una manera tan brusca y la pregunta le resultó casi insolente. ¿Acaso iba a tratarlo como si fuese un vendedor ambulante? ¿Le parecía aceptable dejar al futuro rey de Razrastán esperando en la puerta?

Cuando volvió a hablar lo hizo en forma de reprimenda, utilizando un tono que había hecho temblar a muchos hombres adultos.

–¿No piensas que deberíamos mantener esta conversación en el calor de tu hogar, Jazz? –le reprochó él–. Aunque no parezca que sea un lugar demasiado acogedor.

Ella retrocedió, pero enseguida se recompuso. Esbozó una sonrisa, una sonrisa forzada. Él se sintió confundido. Su relación no había terminado mal, aunque Jazz hubiese rechazado su regalo de despedida. Zuhal tenía la costumbre de regalar una joya a sus amantes cuando rompía con ellas, de recuerdo, pero, para su sorpresa y fastidio también, Jasmine le había devuelto el collar de esmeraldas y diamantes junto con una nota en la que decía que no podía aceptar un regalo tan generoso.

Zuhal clavó la vista en la pintura gastada de la puerta, apretó los labios y pensó que a Jasmine le habría ido muy bien una aportación de dinero.

–Me temo que no puedes entrar –le respondió ella–. Lo siento, Zuhal, pero… no llegas en buen momento. Tendrías que haberme avisado.

Él entendió lo que pasaba. Por supuesto. Le había parecido que Jasmine aceptaba su ruptura con dignidad y una admirable ausencia de chantaje emocional. No había derramado ni una sola lágrima, al menos, en su presencia. No obstante, no estaba hecha de piedra. Era la mujer más sexy que había conocido y, entre sus brazos, había descubierto el placer de la carne. Así que lo normal era que no hubiese vuelto a la vida célibe después de haberlo conocido a él.

Aunque le costase creerlo, ¿era posible que lo

hubiese sustituido en la cama por alguien más adecuado que él? Alguien de su clase social, tal vez dispuesto a casarse con ella. Tal vez tuviese razón, tal vez debía haberla llamado antes de presentarse allí para que le hubiese dado tiempo a prepararse y ponerse guapa. Pero ¿desde cuándo tenía que llamar Zuhal al Haidar para avisar de su llegada?

Intentó parecer razonable a pesar de que sentía celos y de que se le había hecho un nudo en el estómago.

–¿Hay otro hombre en tu vida, Jazz? –le preguntó, intentando hablar pausadamente.

Aquello pareció sorprenderla todavía más.

–¡Por supuesto que no!

Zuhal expulsó el aire que, sin darse cuenta, había estado conteniendo. Los celos se transformaron rápidamente en una sensación de triunfo y anticipación.

–Bien. He venido hasta aquí solo para verte –le explicó, sonriendo–. Creo recordar que, cuando nos separamos, lo hicimos de la manera más civilizada posible, lo que hace que me pregunte por qué te muestras tan reacia a dejarme entrar. ¿No es lo moderno que los amantes también sean amigos? ¿Que puedan sentarse a hablar de los viejos tiempos con cariño?

Jasmine sintió que se le tensaba el cuerpo y agradeció tener la mano izquierda semioculta detrás de la puerta. Miró por encima del hombro del jeque y vio su limusina negra en el camino. Supuso que el chófer seguiría allí, esperándolo, como esperaba todo el mundo a Zuhal. También estarían allí los guardaespaldas y, probablemente, otro coche lleno de personal de seguridad escondido en alguna parte.

«Escondido en alguna parte».

Se le encogió el corazón, pero intentó fingir serenidad a pesar del miedo. Había estado segura de que había hecho lo correcto, pero, en esos momentos, con la vista clavada en el rostro perfecto de Zuhal, le invadieron las dudas y la preocupación, y se preguntó qué debía hacer.

Si se negaba a dejarlo entrar en la casa, despertaría sospechas. Y en realidad todavía tenía una hora. Podía dejarlo entrar y averiguar qué había ido a hacer allí, escucharlo de manera educada y después pedirle que se marchara. Abrió más la puerta y se dio cuenta de que Zuhal clavaba la vista en la alianza que llevaba puesta.

–Pensé que habías dicho que no había ningún hombre en tu vida –la acusó una vez dentro mientras la puerta se cerraba tras él.

–Y no lo hay.

–Entonces, ¿por qué llevas una alianza? –le preguntó él–. ¿Has vuelto con tu marido?

Jasmine se ruborizó.

–Por supuesto que no. Ya sabes que nos divorciamos, Zuhal. Estaba divorciada cuando te conocí.

–¿Y ese anillo?

Jasmine se dijo que Zuhal no tenía ningún derecho a hacerle preguntas personales, o tal vez sí. Se dio cuenta de que la estaba mirando con deseo y recordó que aquello era lo único que había querido de ella.

Probablemente él sí se hubiese casado ya con la mujer adecuada.

Tenía que deshacerse de él.

–Llevo el anillo como elemento de disuasión –le explicó.

Él arqueó las cejas.

–¿Tantos hombres te pretenden con intenciones lujuriosas? –le preguntó Zuhal.

Ella ignoró su tono irónico y negó con la cabeza.

–No.

–Es cierto que tu aspecto es un tanto descuidado –comentó él–, pero ambos sabemos lo hermosa que eres cuando te lo propones.

Jasmine apretó los dientes.

–Me he dado cuenta de que, en el pasado, no he tomado buenas decisiones con respecto a los hombres, así que he decidido estar una temporada sola –le contó ella–. Temporada que estoy aprovechando para desarrollar mi carrera.

–¿Qué carrera? –le preguntó él–. ¿Por qué dejaste de trabajar en la tienda del hotel Granchester? Pensé que te pagaban razonablemente bien.

Jasmine se encogió de hombros. No iba a hablarle de su negocio de ropa para el hogar, que estaba todavía en una etapa germinal, pero que cada vez se estaba haciendo más popular. Ni de sus planes de diseñar ropa para bebés, con lo que algún día esperaba poder ganarse la vida. Porque nada de aquello era asunto suyo.

–La vida en Londres cada vez era más cara y quería un cambio –añadió–. Tú todavía no me has dicho qué haces aquí.

Zuhal tuvo que admitir que tal vez se había equivocado al pensar que seguiría dispuesta a acostarse con él. Recordó la paz que le había aportado en el pasado, el entusiasmo con el que siempre lo había recibido y, a pesar de su falta de interés, se sintió tentado a confiar en ella. Suspiró mientras se acercaba a la ventana del pequeño salón y estudiaba los narcisos amarillos que sobresalían del césped demasiado crecido del minúsculo jardín.

–¿Sabes que mi hermano ha desaparecido? –le preguntó sin más preámbulos–. Lo dan por muerto.

Jasmine dio un grito ahogado y él se giró y vio que se había llevado la mano a la garganta como si no pudiese respirar.

–¿Muerto? –repitió–. No, no lo sabía. Lo siento mucho, Zuhal. Aunque no llegué a conocerlo... Sí que recuerdo que era tu único hermano.

–Lo hemos mantenido en secreto todo el tiempo posible, pero ya ha salido a la luz. ¿No te habías enterado?

Ella negó con la cabeza.

–No... no tengo tiempo de leer el periódico últimamente. La actualidad internacional es demasiado deprimente... y no funciona mi televisor –añadió antes de morderse el labio inferior y mirarlo fijamente, con cautela–. ¿Qué ha ocurrido? ¿O prefieres no hablar del tema?

Él pensó que lo que quería era tomarla entre sus brazos para que lo reconfortase, sentir el calor de otro cuerpo, que la suavidad de su piel le recordase que seguía vivo, pero Jasmine no se acercó, siguió en la otra punta de la pequeña habitación con sus ojos verdes mirándolo con aflicción y el cuerpo tenso, como si se sintiese incómoda en su presencia.

No obstante, Zuhal siguió hablando como no lo habría hecho con nadie más, en voz muy baja, casi inaudible.

–A pesar de que Kamal era el rey de Razrastán, con todas las responsabilidades que eso conlleva, mi hermano jamás perdió el interés por las actividades temerarias.

–Recuerdo que me contaste que era bastante imprudente –respondió ella en tono cauto.

Zuhal suspiró y asintió.

–Lo era. Durante su juventud, practicó los deportes más peligrosos sin que nadie pudiese impedírselo. Mi padre lo intentó siempre mientras que mi madre lo alentaba a ser audaz. Por ese motivo, pilotaba su propio avión y hacía esquí fuera de pista siempre que tenía la oportunidad. También hacía submarinismo y escalaba los picos más complicados del mundo, y nadie puede negar que destacaba en todo lo que hacía.

Zuhal hizo una pausa.

–Cuando fue coronado rey, tuvo que limitar inevitablemente la mayoría de esas actividades, pero salía a montar a caballo con frecuencia, a menudo, solo. Decía que así podía pensar, lejos del alboroto de la vida de palacio. Y eso es lo que ocurrió el año pasado…

–¿El qué?

Zuhal sintió que el dolor crecía de manera inevitable en su interior, y la amargura también. Porque los actos de Kamal habían afectado a muchas personas, al que más, a él. Kamal había salido una mañana a lomos de su caballo, Akhal-Teke, y se había dirigido hacia el desierto al amanecer, o eso era lo que habían contado los mozos de cuadra después. Y entonces se había desatado una terrible tormenta.

Le tembló la voz mientras continuaba hablando.

–Dicen que no es posible escapar del manto de arena que lo cubre todo cuando hay esas tormentas en el desierto. No se puede ver, oír ni respirar. No pudimos encontrar ni a Kamal ni al caballo a pesar de que nunca se había realizado una búsqueda tan exhaustiva en todo el país. Ni rastro. Así que es imposible que sobreviviera –terminó, torciendo el gesto–. Y el desierto es muy eficaz eliminando cuerpos.

–Oh, Zuhal, eso es terrible. Lo siento mucho –murmuró Jasmine.

Él asintió bruscamente, no había ido allí a aquello.

–Todos lo sentimos mucho –admitió.

–¿Y qué va a ocurrir ahora?

–Oficialmente, no se le puede declarar muerto hasta que no pasen siete años, pero, de acuerdo con nuestras leyes, el país tampoco puede estar sin rey durante ese tiempo –le explicó él, apretando los puños con fuerza–. Así que he accedido a reinar en su ausencia.

–¿Y qué significa eso exactamente?

–Significa que, dentro de siete años, si Kamal no vuelve, me coronarán rey a mí, dado que soy el único heredero vivo. Hasta entonces, seré rey en funciones y se me conocerá como al jeque regente.

Fue oír la palabra «heredero» y Jasmine sintió miedo. Notó que una gota de sudor corría por su espalda hasta llegar a la cinturilla de los pantalones vaqueros. Se preguntó si Zuhal lo sabía. Si era aquel el motivo por el que estaba allí.

No, por supuesto que no. No estaría hablando de aquello si tuviese alguna idea de lo que le había pasado a ella.

–¿Y tu esposa… está contenta con su nueva posición?

–¿Mi esposa? –repitió él, frunciendo el ceño–. No tengo esposa, Jazz.

–Yo pensaba que, cuando dejamos de vernos, habías empezado a tener una relación con la princesa de una región vecina. Creo recordar que se llamaba Zara.

Zuhal asintió.

–Sí, Zara tiene un linaje casi como el mío –comentó él–, pero no soportaba su manera de reírse y no me imaginaba compartiendo toda una vida con ella. Además, por aquel entonces no tenía ninguna prisa. Ahora es diferente, por supuesto. Ahora tengo que gobernar mi país y, para ello, necesitaré una esposa a mi lado.

A Jasmine se le aceleró el corazón, no pudo evitar sentirse esperanzada, aunque enseguida se dio cuenta de su estupidez.

–Sigo sin entender qué haces aquí –le dijo con cautela.

Él levantó ambas manos en señal de rendición.

–Voy a contarte qué hago aquí, Jazz –admitió sonriendo–. Mi vida va a cambiar inexorablemente el mes que viene, cuando firme los documentos que me convertirán en jeque regente. A pesar de las celebraciones que tendrán lugar entonces, mi pueblo sigue sufriendo una inevitable incertidumbre causada por la desaparición de mi hermano. Mi país necesita estabilidad y espera que yo se la procure. Necesito una esposa, pero en esta ocasión no voy a poder ser exigente. Tengo que casarme con la mujer adecuada, y cuanto antes.

Jasmine tragó saliva.

–¿Como por ejemplo?

–Alguien de la realeza, por supuesto –le respondió él–. Me temo, Jazz, que no puedo casarme con una chica divorciada de Inglaterra, así que no te hagas ilusiones.

–No me las estaba haciendo –replicó ella, furiosa con Zuhal, pero todavía más furiosa con ella misma por haberse permitido soñar–. ¿Y por eso estás aquí? ¿Has venido a contarme tus planes de boda? ¿Qué es lo que quieres? ¿Que te aconseje? ¿Que te ayude a encontrar a tu futura esposa?

–No, no es a eso a lo que he venido. ¿Quieres que te demuestre el motivo de mi visita, Jazz? –le preguntó, avanzando hacia ella y tomándola de repente entre sus brazos–. Estoy aquí porque me siento vacío y desesperado, y sé que tú puedes calmar ese dolor.

Jasmine supo que debía decirle lo que pensaba, que no era un pañuelo de papel, de usar y tirar. Entonces, ¿por qué no lo hizo? ¿La volvieron loca sus brazos o fue el anhelo que seguía habiendo en su interior? Tenía que haberse dado cuenta de que con la palabra «calmar» Zuhal se refería al sexo, pero no pudo evitar pensar que estaba hablando de su corazón. Así que permitió que le levantase la barbilla y la besase. Tuvo que hacer un esfuerzo para no ponerse de puntillas, pero lo consiguió. Aunque lo que no pudo contener fue el gemido que escapó de sus labios.

Entonces se olvidó de todo. Se olvidó del motivo por el que Zuhal no debía estar allí, por el que ella tampoco debía abrazarlo. Por qué no debía permitir que metiese las manos por debajo de su jersey y le acariciase los pechos con tanta naturalidad. Se sintió mejor que en mucho tiempo y notó que la sangre le ardía en las venas.

Aquello era como estar en el cielo. Zuhal se apretó contra su cuerpo y metió un dedo por debajo de la cinturilla de su pantalón para sentir su cálida piel, y Jasmine metió el estómago con la esperanza de que siguiese acariciándola más abajo, entre los muslos, donde estaba más húmeda y caliente. Porque no había nada que pudiese desear más. Sintió la erección de Zuhal y separó las piernas instintivamente.

Él apartó los labios de los suyos.

–Tu cuerpo ha cambiado –murmuró con voz temblorosa.

–Sí.

Estuvo a punto de preguntarle si no le gustaba y entonces sintió como un jarro de agua fría y tuvo miedo. Respiró hondo, lo miró a los ojos y le preguntó:

–¿Solo has venido a tener sexo conmigo, Zuhal?

Él pareció momentáneamente sorprendido por la pregunta, entonces se encogió de hombros y Jasmine supo que estaba en lo cierto.

–Lo que quieres es... aliviarte físicamente, ¿verdad? –continuó con voz temblorosa–. Quieres sexo fácil, sin complicaciones, antes de volver a casa a buscar a tu futura esposa.

–¿Y qué esperabas, Jazz? –le preguntó él–. ¿No pensarías que iba a presentar a mi pueblo, que es muy conservador, a una extranjera divorciada? Ambos hemos sabido siempre que eso no era posible. Como también hemos sabido que la química que hay entre nosotros siempre estará ahí. Eso no ha cambiado. Sigo deseándote como siempre, y tú a mí. Te enciendes en cuanto te toco, como siempre. ¿Por qué no aprovecharlo? ¿Por qué no disfrutar de lo que ambos queremos y hacer el amor por última vez?

Ella lo escuchó aturdida, pensó en decirle que aquello no era hacer el amor, y entonces oyó algo a lo lejos que lo cambió todo. Se apartó de él, aunque con cuidado, para no despertar sus sospechas, y rezó por que Darius siguiese durmiendo.

Pero sus plegarias no fueron escuchadas. El llanto se hizo cada vez más fuerte, se convirtió en grito, y entonces vio que cambiaba la expresión de Zuhal. Jasmine bajó la vista para que él no viese que se le habían llenado los ojos de lágrimas.

Y pensó en que podía decir que era un animal, al fin y al cabo, los graznidos de los pavos reales se parecían mucho al llanto de un bebé.

–¿Qué ha sido eso, Jazz? –le preguntó Zuhal.

Y ella supo que el juego se había acabado. Podía decirle que cuidaba del hijo de alguien, pero no pudo. No pudo porque supo que el tiempo haría que la verdad saliese a la luz. No, tenía que decirle la verdad.

–¿Qué ha sido eso, Jazz? –repitió él en tono urgente, peligroso.

Ella levantó la vista a sus ojos negros y se preparó para que su vida cambiase con una sola frase.

–Es mi hijo. O, mejor dicho, nuestro hijo –admitió–. Tienes un hijo, Zuhal, y se llama Darius.

# Capítulo 2

ENTONCES, como por arte de magia, Darius se volvió a dormir. Jasmine lo oyó a través del monitor. Gimió por última vez y su respiración volvió a acompasarse poco a poco.

Y ella se dijo que, a pesar de todo, siempre había querido que Zuhal lo supiese.

–¿Mi hijo? –repitió él con incredulidad?

Jasmine asintió.

–Sí.

–No se te ocurra decir ni una palabra más. Llévame a verlo –le ordenó él en tono gélido.

–Lo verás, te lo prometo, pero no ahora. Déjalo dormir, Zuhal. Por favor –le pidió ella.

Después de nueve meses criando al niño sola, sabía que si, lo despertaban antes de tiempo, el niño estaría molesto el resto del día.

–No lo voy a despertar, pero quiero verlo –le dijo él–. Ahora.

Jasmine asintió. Tenía la boca seca. ¿Cómo había podido pensar que podría oponerse a sus deseos? Si no lo había conseguido en el pasado, ¿cómo iba a hacerlo en esos momentos? Zuhal la había dejado sin previo aviso y, a pesar de que era cierto que le había advertido desde el principio que su relación no podía tener futuro, la repentina ruptura la había sorprendido. No obstante, se había mantenido serena entonces e iba a hacerlo en esos momentos también.

–Acompáñame –le pidió en voz baja.

Sintiéndose como en un extraño sueño, Zuhal siguió a Jazz por la estrecha escalera, hacia el piso de arriba, y al llegar allí ella señaló hacia la puerta abierta de una habitación infantil pintada en tonos amarillos. Él entró y, al ver al niño que había en la cuna, bajo la ventana, supo sin lugar a dudas que era su hijo. No fue solo por su pelo moreno o por su piel aceitunada, aunque menos que la suya. Fue un instinto casi primitivo lo que se lo corroboró. Se dio cuenta de que Jazz se ponía tensa cuando alargó la mano para acariciarle la mejilla, entonces la apartó y se dio la vuelta. Guardó silencio hasta que volvieron abajo, donde todavía tardó unos segundos en recuperar el habla.

–¿Te das cuenta del significado constitucional de lo que has hecho? –inquirió.

Jasmine sintió ganas de llorar, pero supo que debía mantenerse fuerte. «¿Significado constitucional?». ¿Aquello era lo único que le importaba a Zuhal? Por supuesto que sí. Era el motivo por el que había terminado con su relación y por el que estaba allí en esos momentos, para utilizar su cuerpo como habría utilizado una jarra de agua para saciar la sed. Porque lo único que le importaba a Zuhal era saciar sus necesidades y cumplir con las exigencias de su país y todo lo demás era secundario.

–¿Por qué no me lo has contado antes, Jazz? –volvió a preguntar–. ¿Por qué no me has contado que las semillas de mi vientre habían dado su fruto?

Jasmine se estremeció, pero se obligó a mantener la calma.

–Lo intenté.

–¿Cuándo?

–Después de que… rompiésemos.

Cuando él le había informado de que era perfecta como amante, pero que jamás podrían casarse.

–Es cierto que tardé en darme cuenta de que estaba embarazada.

–¿Y cómo es posible eso? –inquirió él–. Porque, aunque fueras virgen cuando nos conocimos, no me puedes hacer creer que eras tan ingenua, Jazz. ¿Qué quieres decir con eso de que tardaste en darte cuenta de que estabas embarazada? ¿No estarías esperando ver llegar a la cigüeña por la ventana?

Habló de manera cruel y sarcástica, y Jasmine intentó convencerse de que era comprensible que estuviese enfadado. Ella también lo habría estado si hubiese descubierto algo así.

–Me sentía perdida –admitió–. Aturdida, sin energía y desorientada. Me costó acostumbrarme a vivir sin ti.

Zuhal apretó los labios, aunque en el fondo la comprendió porque él también se había sentido desconcertado al descubrir que Jazz había dejado un vacío en su vida. Había intentado convencerse de que lo que echaba de menos era el sexo, el mejor sexo de su vida.

Contra todo pronóstico, Jasmine lo había cautivado. Había sido la primera vez que Zuhal había estado con alguien de clase tan baja. Ella había estado trabajando en la boutique del hotel Granchester, en el que él se había alojado, y lo primero en lo que Zuhal se había fijado había sido en sus pechos y en sus caderas, en el movimiento de su melena rubia y en su dulce sonrisa cuando atendía a los clientes. No obstante, Zuhal no era un hombre que cediese siempre a los deseos de la carne, todo lo contrario, en ocasiones disfrutaba negándose la satisfacción sexual porque sabía que eso era bueno para el alma y que lo que llegaba de manera fácil se perdía con la misma facilidad. Además, le gustaban los retos, y eso era lo que había visto en ella cuando, al dirigirle la palabra, Jasmine se había ruborizado y había bajado la mirada.

La había deseado y le había alegrado saber que estaba divorciada porque las mujeres divorciadas solían adoptar una actitud cínica frente al matrimonio. Además, también poseían una experiencia que las convertía en las mejores amantes.

Aunque Jazz no había tenido esa experiencia.

Zuhal todavía recordaba la sorpresa, y la satisfacción, que había sentido al descubrir su inocencia. Y el orgasmo que había tenido después, y el de después, y el de después…

Intentó volver al presente porque nada de aquello

importaba en esos momentos. Sobre todo, teniendo en cuenta que acababa de descubrir que era toda una manipuladora.

–Cuéntame qué es lo que pasó, Jazz –le dijo.

Ella se frotó los brazos como si tuviera frío y tragó saliva.

–Cuando tú volviste a Razrastán, yo seguí con mi vida normal, pero con miedo a que alguien descubriese que había tenido relaciones íntimas con un cliente del hotel.

–¿Pero nadie se enteró? –le preguntó él.

Jasmine negó con la cabeza.

–No. Nadie. Pero es que fuimos muy discretos, Zuhal. Tú te aseguraste de ello. Nunca me permitiste subir a tu ático y solo nos vimos en casa de tus amigos y por la noche.

–Siempre he intentado llevar con discreción todas mis relaciones. La prensa se habría vuelto loca si hubiese descubierto que me estaba acostando con alguien como tú –admitió él en tono frío.

–¿Alguien como yo? –repitió ella.

–Ya sabes lo que quiero decir. Parece de película, el príncipe y la vendedora. Solo quería protegerte.

Jasmine se mordió el labio inferior y pensó que, más bien, Zuhal había querido proteger su propia reputación. Se preguntó si debía contarle lo difícil que le había resultado seguir trabajando detrás del mostrador, sonriendo, mientras lo echaba tanto de menos. Había tenido que hacer semejante esfuerzo que tal vez aquel había sido el motivo por el que no se había dado cuenta de que no tenía el periodo aquel primer mes. Porque, además, no había tenido en quién confiar. Sus padres habían fallecido y no había querido contarle sus secretos a nadie conocido por miedo a que alguien acudiese a la prensa con la historia. Tenía a su prima Emily, pero vivía lejos de Londres. Jasmine nunca se había sentido tan sola.

En esos momentos, recordó la aterradora sensación de soledad que había tenido al darse cuenta de que tendría que criar a su hijo sin ayuda.

–Intenté llamarte, pero no funcionaba el número de teléfono que tenía tuyo.

–Lo cambio de vez en cuando –le informó él en tono frío–. Mi equipo de seguridad dice que es lo más seguro.

–¿Y así no te molestan tus exnovias?

Zuhal se encogió de hombros.

–Más o menos –admitió–. ¿Cuándo intentaste ponerte en contacto conmigo?

–Al final conseguí hablar con uno de tus asistentes, Adham, creo recordar que se llamaba. Le dije que necesitaba hablar contigo urgentemente y me prometió que te transmitiría el mensaje.

–No fue así.

–En ese caso, échale la culpa a él.

–Adham es un trabajador leal que siempre actuaría a favor de mis intereses. El palacio estaba conmocionado con la desaparición de mi hermano. Además, ¿sabes la cantidad de mujeres que quieren hablar conmigo e intentan contactarme a través del teléfono de palacio?

–No, no lo sé –replicó ella, ruborizándose.

–¡Le podías haber dicho que estabas embarazada! –la acusó Zuhal–. Así te habrías asegurado de que me llegase el mensaje. ¿Por qué no lo hiciste, Jazz?

Ella se humedeció los labios. Porque había estado asustada. Le había dado miedo enfrentarse al poder de Zuhal. Porque su asistente le había hablado con desprecio. Y porque había tenido miedo de que Zuhal pidiese la custodia del bebé.

–Tú me habías dicho que ibas a casarte con una princesa –le recordó ella–. Pensé que era el motivo por el que tu asistente había sido tan brusco conmigo. También leí en los periódicos que ibais a unir dos reinos a través del matrimonio y no quise poner todo eso en peligro con la noticia de mi embarazo.

Zuhal se obligó a pensar. Aquel cruce de acusaciones no tenía sentido.

Tenía un hijo.

«Un heredero».

Tal vez el destino estaba siendo benévolo con él por una vez.

Miró a la mujer que tenía delante. La había besado unos minutos antes y, de no haber sido por el llanto del bebé, en esos momentos habría estado en su interior.

–¿Cómo te las estás arreglando para ganar dinero? –le preguntó.

–Me las estoy arreglando –dijo ella sin más.

–¿Cómo, Jazz?

Ella se encogió de hombros.

–Coso.

–¿Coses?

–Sí. No sé si te acuerdas de que siempre me ha gustado coser. Quería estudiar moda y confección, pero mi madre enfermó y tuve que quedarme cuidándola.

Él se preguntó si Jasmine le había contado aquello, en cualquier caso, no había retenido la información. No le había interesado su pasado ni tampoco su futuro, porque sabía que no podía tener un futuro con ella. Solo le había interesado, incluso obsesionado, la química que había habido entre ambos.

–Cierto –respondió–. Querías ser diseñadora de moda. ¿Es eso lo que estás haciendo ahora?

–Ojalá –respondió ella–. Uno no se hace diseñador de un día para otro, Zuhal, en especial, sin tener ninguna formación. ¿Ves esa máquina de coser que hay ahí?

Jasmine la señaló con un dedo tembloroso.

–Eso es lo que estaba haciendo cuando has llegado. Me he especializado en ropa de casa, cojines, cortinas y esas cosas. Siempre hay alguien que lo necesita y Oxford está bastante cerca. Hay muchas personas con dinero que quieren cambiar la decoración de sus casas cada cierto tiempo. Supongo que son ricos y están aburridos, y no se les ocurre nada mejor que hacer.

Parecía querer distraerlo con sus palabras, pero estas sirvieron para que Zuhal considerase por primera vez cuáles eran sus ingresos y su modo de vida. Se fijó en los muebles baratos, en la alfombra gastada y en que la pintura de la ventana estaba desconchada. Solo las cortinas y los cojines daban color y calor a la pequeña habitación.

Aquello lo enfadó. ¡Cómo podía estar criando a su hijo en un lugar así! El heredero de la dinastía Al Haidar estaba creciendo en una casucha a las afueras de Oxford, sin seguridad y sin calefacción. Deseó reprenderla, decirle que así no podía vivir su hijo, pero algo hizo que se contuviese. Pensó que la hostilidad no lo beneficiaría. Volvió a estudiar los vaqueros desgastados y el jersey manchado de Jazz y se dijo que lo más sensato sería ofrecerle una salida. Dejar que viviese la vida que le había tocado vivir antes de que sus caminos se hubiesen cruzado en un lujoso hotel de Londres.

–Tenemos que hablar del futuro –le dijo.

Jasmine lo miró con cautela.

–¿Qué quieres decir?

Él se acercó un paso y deseó no haberlo hecho porque pudo aspirar su olor a jabón, que lo volvió loco de deseo.

–¿Tú qué crees, Jazz? –inquirió–. ¿No pensarás que voy a conformarme con ver a mi hijo y que me voy a marchar sin más?

–Por supuesto que no.

–¡Pues no te veo muy convencida!

–¡Todo ha ocurrido demasiado deprisa! No esperaba que aparecieses así, Zuhal. Me está costando pensar.

–En eso estamos de acuerdo –admitió él–. Aunque yo diría que, de los dos, soy yo el que se ha llevado una mayor sorpresa. Necesito algo de tiempo para valorar la situación y decidir qué vamos a hacer. No es bueno tomar decisiones en caliente, sobre todo, en lo concerniente a mi hijo.

–¿Entonces...? –le preguntó ella esperanzada–. ¿Vas a volver a Razrastán y me llamarás cuando hayas tenido la oportunidad de pensar?

Zuhal dejó escapar una carcajada.

–¿Volver a Razrastán? ¿De verdad eres tan ingenua, Jazz? ¿Piensas que voy a salir así de la vida de mi hijo?

Ella se mordió el labio inferior.

–Volveré dentro de un rato para llevarte a cenar. Iremos a un lugar neutral, donde podamos considerar las distintas opciones. Haré que reserven mesa en algún lugar adecuado.

–No, no puedo. Esto no va a funcionar –protestó ella–. No puedo dejar solo a Darius para ir a cenar contigo.

–¿Por qué no? –preguntó él–. ¿No pensarás que voy a hacer que lo secuestren mientras tú no estás en casa?

–No me sorprendería.

–Tienes razón al no subestimarme –admitió él–, pero todavía no me has explicado por qué te niegas a cenar conmigo.

–Porque no tengo con quién dejar al niño –le respondió Jasmine–. Y no voy a dejarlo con una desconocida.

–Yo tampoco lo haría, Jazz. Es el príncipe de Razrastán y tendrá los mejores cuidados que el dinero pueda comprar.

–No.

–¿No? –repitió él con incredulidad.

–No pienso dejarlo con un desconocido –repitió ella.

Aquello lo enfadó.

–No pretenderás que cene yo aquí, ¿verdad? –preguntó Zuhal, mirando a su alrededor.

–Me da igual si cenas o no, porque cenar es lo último que me preocupa en estos momentos –le dijo ella–, pero dado que estás tan empeñado en que nos veamos más tarde, estoy segura de que puedo preparar algo para la cena.

Hubo un momento de tenso silencio y entonces Zuhal asintió.

–Está bien. Volveré a las ocho. Mientras tanto, dejaré a mis guardaespaldas fuera, por si se te ocurre marcharte.

Jasmine lo miró con incredulidad. Se sentía acorralada.

–¿Guardaespaldas? –repitió–. ¿Has perdido la razón? Llevamos seis meses viviendo aquí y no hemos tenido ningún problema. Estamos en una zona rural de Oxfordshire. No necesitamos guardaespaldas.

–Todo lo contrario. Tal vez hayas vivido así hasta ahora, Jazz, pero eso ya forma parte del pasado. Ese niño tiene sangre Al Haidar en sus venas y se le tratará como se merece. Hasta luego. Asegúrate de que estás preparada para recibirme.

Aquella última petición fue como una vuelta al pasado y Jasmine se preguntó cómo iba a hacer aquello. ¿No le estaría sugiriendo Zuhal que quería que lo esperase en lencería de seda y satén, tal y como había hecho en los viejos tiempos, enseñando cuanta más carne mejor, pero sin estar completamente desnuda?

Lo miró fijamente. En aquel momento, la expresión de Zuhal era de desprecio. Se dio la vuelta y salió por la puerta, cerrándola con cuidado tras él. Jasmine oyó el ronroneo del motor del coche y se puso a temblar.

Se le llenaron los ojos de lágrimas, pero se las limpió e intentó pensar en lo que acababa de ocurrir.

Oyó que Darius se volvía a despertar y se dijo que tenía que actuar con sentido común frente a un hombre tan poderoso como Zuhal.

Pero, sobre todo, tenía que ser fuerte.

# Capítulo 3

JAMÁS debía haberse enamorado del jeque. Aquella fue la idea que ocupó la cabeza de Jasmine durante el resto de la tarde, incluso cuando jugaba con Darius, mientras le daba su baño y le hacía reír.

Pero Zuhal se había mostrado decidido a seducirla a pesar de que ella solo había sido una chica que trabajaba en una tienda. Su matrimonio había fracasado y ella se sentía hundida cuando el jeque había entrado en la boutique del hotel y había empezado a cortejarla. Jasmine todavía recordaba cómo la había recorrido de arriba abajo con sus ojos oscuros. Ella había sentido que era un hombre peligroso y había permitido que su compañera lo atendiese, pero su reticencia a tratar con él no había hecho más que aumentar el interés de Zuhal. En realidad, a Jasmine no le había sorprendido verlo de nuevo al día siguiente. Y como las normas del hotel con relación a los coqueteos con clientes eran muy estrictas, habían llevado su relación en el más absoluto secreto, lo que debía de haber hecho que aumentase la emoción para él.

Después de su divorcio, Jasmine se había quedado con la autoestima muy baja y los avances de Zuhal habían hecho que aquello cambiase, así que, por supuesto, había accedido a cenar con él. Habían ido a un restaurante pequeño y mal iluminado, probablemente para que nadie los viese, y a pesar de que aquello la había decepcionado un poco, ya se había implicado demasiado como para que le importase. Y para su sorpresa, no para la de él, habían terminado juntos en la cama.

Había sido... maravilloso. No había otro modo de describirlo. La suavidad de sus besos, el cuidado con el que la había desnudado, la primera vez que ella lo había visto desnudo. Jasmine no había sentido vergüenza, lo había deseado tanto que ni siquiera el ligero dolor que le había causado la pérdida de la virginidad había hecho menguar el creciente placer. Había tenido un orgasmo detrás de otro y Zuhal no había dicho nada hasta más tarde, cuando ella estaba tumbada boca arriba en la cama, con la vista clavada en el techo, y él le acariciaba un pecho con el dedo.

–¿Por qué?

Y entonces Jasmine le había hablado de Richard y de su matrimonio no consumado. Le había contado que su exmarido había insistido en esperar a la noche de bodas y ella se había sentido halagada. Al fin y al cabo, no había sabido qué esperar, gracias al matrimonio de sus padres se había acostumbrado a normalizar las relaciones disfuncionales. Había sido una niña solitaria, atrapada en el fuego cruzado de sus padres. Había sido un infierno. Tal vez aquel hubiese sido otro motivo por el que había accedido a casarse con Richard. Había pensado que, con él, estaría segura.

Pero la noche de bodas no habían tenido sexo. Y ella había sentido vergüenza y decepción con el paso del tiempo, y le había preguntado a Richard si era por ella. Entonces, Richard se había puesto a llorar y le había confesado que le gustaban los hombres. Sinceramente, aquello había sido un alivio.

Se había preguntado si Zuhal la tendría en menor estima por su pasado, o si su falta de experiencia haría que menguase su interés, pero había ocurrido todo lo contrario.

–Perfecto –había murmurado él–. Es perfecto.

–¿El qué? –le había preguntado ella, aturdida.

Y entonces Zuhal le había explicado que, al estar divorciada, seguramente descartaría tener un futuro con él.

Jasmine le había contestado que no esperaba nada de su relación, solo placer, pero había terminado hecha un mar de lágrimas cuando habían hecho el amor por última vez.

Tenía que recordar que Zuhal era un hombre despiadado y ella, una tonta demasiado sensible. Él era rico y tenía poder y ella, no. Solo tenía a su maravilloso hijo, que era la alegría de su vida. No obstante, a pesar de ser muy diferentes, ambos eran iguales como padres.

Dejó a Darius en la cuna y le cantó una nana como había hecho desde que lo había llevado a casa del hospital. Recordó lo asustada que se había sentido a pesar de haber decidido amar a su hijo con todo su corazón. Y eso había sido sencillo porque Darius era un niño fácil. No se pasaba las noches llorando y comía bien. Tal vez hubiese sentido que su madre estaba pasando por un momento difícil y había querido ayudarla.

Todavía tenía el pelo húmedo de haber estado bañando a Darius y no le había dado tiempo a cambiarse de ropa cuando oyó que llamaban a la puerta. Se dijo que no iba a correr a ponerse guapa para Zuhal. No iba a ponerse elegante para que él la mirase con admiración en vez de mirarla con desprecio. Además, hacía mucho tiempo que no se arreglaba y no quería mandar un mensaje equivocado. El único papel que Zuhal tenía en su vida era el de padre de su hijo. Se mordió el labio inferior. Lo que significaba que debía olvidarse de todo lo demás, de los besos y de las caricias, y de que había estado a punto de sucumbir a sus encantos un rato antes.

No obstante, mientras bajaba las escaleras corriendo se dijo que no iba a ser fácil permanecer inmune a Zuhal. Abrió la puerta con el corazón acelerado y deseó que el efecto que Zuhal tenía en ella no fuese tan fuerte, pero lo era. Al contrario que ella, Zuhal sí se había cambiado de ropa e iba vestido de manera más informal. Llevaba una chaqueta de cuero negra, pantalones vaqueros oscuros y no se había vuelto a afeitar, lo que le daba un aspecto todavía más viril.

Pero Jasmine se dijo que debía centrarse en su

crueldad y determinación, no en su atractivo y carisma. Que debía pensar en la facilidad que tenía para quitarse las cosas de en medio cuando se cansaba de ellas. Necesitaba recordar que, para él, ella solo había sido una diversión.

Zuhal no se molestó en saludarla de manera educada. Entró y, sin más preámbulos, dejó un sobre de papel manila encima de la mesa y se giró hacia ella.

–Tal vez quieras leer esto antes que nada –comentó.

–¿Qué es?

Él dudó un instante, lo que hizo que Jasmine se pusiese en guardia.

–¿En resumen? –le dijo él–. Un documento legal que solo tienes que firmar.

–¿Firmar? –repitió ella con el corazón acelerado.

–Eso es.

Jasmine miró el sobre con cautela, casi como si tuviese delante una bomba.

–¿Qué clase de documento legal?

Zuhal se desabrochó la chaqueta de cuero y la miró fijamente.

–Uno que te convertirá en una mujer muy rica, Jazz –le respondió en voz baja–. Y que te ayudará a convertir en realidad el sueño de tener tu propia marca de ropa.

–¿De verdad? –le preguntó ella–. ¿Y qué voy a tener que hacer para conseguir ese dinero?

Hubo un silencio.

–Me parece que ya sabes la respuesta. Darme la custodia de mi hijo.

Ella ya se había imaginado algo así, pero no había esperado que Zuhal fuese tan directo. Le resultó sorprendente, increíble. Cómo iba a darle la custodia del niño y olvidarse de que lo había llevado en su vientre durante nueve meses, que lo había traído al mundo con la cara colorada, peloncito, después de un largo y doloroso parto, ella sola.

Recordó las patadas de sus pequeños pies dentro del vientre durante el caluroso verano en el que había estado embarazada. Recordó el sonido de los latidos de su corazón en las ecografías que le habían realizado en el hospital. ¿Cómo era posible que Zuhal le pidiese que abandonase a su hijo, que se lo entregase, por dinero?

Buscó en su rostro alguna señal de que pudiese sentirse mal por lo que estaba haciendo, pero no vio culpa ni vergüenza en él, solo la determinación de obtener lo que quería. Y a pesar de que lo que Jasmine quería hacer era atravesar la habitación, darle una bofetada y preguntarle cómo podía ser tan cruel, se contuvo y decidió mantener la calma. Porque sabía que lo contrario no la iba a ayudar. De hecho, no le habría sorprendido que Zuhal tuviese a alguien al otro lado de la puerta grabando aquella conversación, esperando la menor oportunidad para declarar que no estaba capacitada para cuidar del príncipe heredero. Así que Jasmine se sintió decidida a proteger a su hijo.

–Debes saber que jamás accederé a algo así, Zuhal –le dijo.

–Tenía la esperanza de que fueses razonable,

Jazz –respondió él, apretando la mandíbula–, pero si piensas que mantener al niño entre dos culturas tan diferentes va a beneficiarlo, en vez de desestabilizarlo, tendremos que negociar tus derechos de visita.

–Ya entiendo –le contestó ella–. Así es como empiezan las buenas negociaciones, ¿no? Entras fuerte y después vas bajando el tono. Realizas una propuesta inicial tan extravagante que después se supone que yo debo mostrarme agradecida por cualquier pequeña concesión. Es así, ¿verdad? Pero es que no estamos hablando de petróleo, de diamantes ni de territorios, Zuhal, que son las cosas con las que tú sueles comerciar. Estamos hablando de un bebé.

Jasmine notó que le costaba respirar, pero tenía que continuar.

–No te lo voy a entregar y a limitarme a ir de visita. Además de que lo echaría de menos más que a mi vida, no descartaría que después me denegases el visado y me prohibieses entrar en Razrastán. ¿Cómo puedes pedirme algo semejante? ¡Todos los niños necesitan a su madre!

Él la miró a los ojos y pensó que aquello no era cierto, que ningún niño necesitaba a su madre. Él se las había arreglado bien sin ella. Porque, aunque la reina hubiese estado allí físicamente, elegante y etérea en el palacio real, nunca había estado a su lado. Se había dedicado abiertamente a su hermano mayor. En muchas ocasiones, Zuhal había pensado que habría crecido mejor sin ella, sin que lo mirase como si fuese invisible. Su madre había hecho que se sintiese invisible.

–Tener una madre no es necesario –la contradijo–. Muchos hombres y mujeres de éxito han crecido sin una influencia materna.

Ella sacudió la cabeza con frustración y un mechón de pelo rubio cayó sobre su mejilla enrojecida.

–No me estoy refiriendo a las madres que mueren o que, por el motivo que sea, no pueden cuidar de sus hijos. Me estoy refiriendo a las madres que tienen la posibilidad de cuidar de sus hijos. Y yo tengo esa posibilidad, Zuhal. Tal vez no tenga tu dinero ni tu poder, pero tengo algo que vale mucho más que eso, tengo amor. Quiero a Darius con todo mi corazón y haría cualquier cosa por él. Cualquier cosa. Y ya te digo que, hagas lo que hagas, ¡no permitiré que me lo quites!

Él entrecerró los ojos mientras absorbía el fervor de sus palabras. Jasmine se estaba atreviendo a discutir con él como jamás habría hecho en el pasado, cuando su único papel había sido el de amante, el de darle placer. Durante el tiempo que habían estado separados, se había convertido en una leona y eso despertó su admiración. Entonces, se preguntó cómo iba a conseguir que cambiase de opinión.

Se tomó unos segundos de descanso para mirar a su alrededor y se dio cuenta de que, a pesar de la promesa de Jasmine de preparar algo para la cena, no parecía que hubiese cocinado nada. No había ninguno de los detalles a los que estaba acostumbrado cuando permitía que una mujer cocinase para él.

–Eso es lo que voy a hacer, Zuhal –continuó Jasmine, rompiendo el silencio–. No vas a sacarme de la vida de Darius y a comportarte como si no existiera.

Él volvió a mirarla.

–La alternativa no va a ser sencilla –le advirtió.

–¿Qué quieres decir?

–Que no será fácil criar al niño medio príncipe, medio plebeyo. Medio inglés, medio razrastaní.

–En ese caso, permite que crezca siendo inglés.

–Eso no es posible –rugió Zuhal–. Tiene que ser consciente de que pertenece a una familia real y de las responsabilidades que eso conlleva.

Jasmine frunció el ceño.

–No estarás insinuando que Darius podría ser rey algún día, ¿verdad? Es un hijo ilegítimo.

A Zuhal se le ocurrió otra posibilidad. Se preguntó si Jasmine estaba haciendo lo que le había acusado de hacer a él, empezar fuerte la negociación. Tal vez pensaba que, si lo hacía bien, podría llegar a convertirse en reina del desierto, con joyas, palacios y riquezas a su disposición. Además, ¿quién no iba a querer casarse con él? Eran muchas las mujeres que lo habían intentado en el pasado, pero ninguna lo había conseguido.

–Si estás intentando conseguir que me case contigo, no te molestes –le advirtió–. Porque no ha cambiado nada, Jazz. Sigues siendo una mujer extranjera y divorciada que no encaja en el papel de reina. Mi pueblo jamás te aceptaría. Ese es el motivo por el que yo debo encontrar a la esposa adecuada. No obstante, eso no significa que Darius no pueda ser mi póliza de seguro, por si acaso no tengo otro heredero.

Ella lo miró con incredulidad.

–¿Si quiero casarme contigo? –inquirió–. ¿De verdad piensas que quiero casarme con un hombre que trata a las mujeres como si fuesen seres inferiores, que considera a su hijo una póliza de seguro?

–Afortunadamente, todo eso no importa porque no tengo intención de casarme contigo –respondió él en tono despreciativo–. Lo que significa que tenemos que llegar a otro tipo de acuerdo que satisfaga a ambas partes.

–¿Qué clase de acuerdo? –lo desafió ella–. ¿Qué quieres?

–¿Alguien conoce la verdadera identidad del niño?

–Nadie, ni siquiera mi prima –le dijo ella, y era la verdad.

–Bien.

–No lo he ocultado para obtener tu aprobación, sino porque quería que quien se acercase a nosotros lo hiciese sin ningún interés más que conocernos. Tampoco quería sobresalir, ni convertir a Darius en el centro de las conversaciones.

–Si mi hermano no hubiese fallecido, todo sería diferente –comentó Zuhal–, pero ha fallecido. Yo espero tener algún día un heredero legítimo, pero, si eso no ocurre, Darius podría heredar la corona. Y dado que tú te niegas a que me lo lleve a Razrastán, tendrá que crecer aquí en Inglaterra. Contigo.

–Gracias al cielo –respondió ella, aliviada–. Porque no se me ocurre nada peor para su bienestar que encerrarlo en un palacio con un monstruo como tú.

–Nadie se atrevería a hablarme así.

–¡Eso es lo único que me alegra de esta conversación!

–¡Basta! Darius tiene que aprenderlo todo del país del que podría ser rey algún día, por eso quiero que crezca en Londres, para que pueda asistir a la escuela de la embajada de Razrastán, para que pueda vivir en una ciudad grande, de manera anónima, en la que nadie descubrirá su verdadera identidad, salvo que tú la hagas pública.

–Pero no vivimos en Londres, Zuhal –puntualizó ella–. Vivimos en Oxfordshire.

–Eso no es un problema. Os mudaréis.

–¡No soy una marioneta! ¡No me voy a mudar!

A Zuhal se le agotó la paciencia y golpeó con el puño la mesa, que tembló bajo su fuerza. Luego miró a Jasmine con determinación.

–Ya estoy cansado de tu palabrería insustancial, Jazz, de tus desafíos y de que te niegues a aceptar mi ayuda –rugió–. Tienes que entender varias cosas. La primera, que un príncipe no puede crecer en un lugar así. En un sitio en el que no cabe ni un gato.

–No tenemos gato.

–¿Puedes dejar de interrumpirme? –inquirió él–. Tendrás que mudarte a un lugar a la altura del estatus de mi hijo. A un lugar seguro, en el que no puedan entrar los ladrones, donde haya espacio para los guardaespaldas que nuestro hijo necesita. Y yo me encargaré de ello, te guste o no. Pronto descubrirás que te gusta vivir en un lugar distinto a este.

Zuhal apretó los labios con satisfacción y después añadió:

–En mi experiencia, a la mayoría de las mujeres el lujo les resulta adictivo.

Jasmine sintió una mezcla de ira y dolor. Zuhal estaba insultándola por vivir allí y eso la enfadaba, pero, en parte, tenía razón. Los pequeños ahorros que había acumulado mientras trabajaba en el hotel Granchester no habían durado tanto como ella había esperado, y con la costura solo ganaba lo necesario para sobrevivir. Y la situación cada vez sería más difícil. Ella sabía bien lo que significaba ser la niña pobre del colegio y no quería que Darius pasase por aquello, así que no podía permitir que su orgullo la traicionase.

Se encogió de hombros.

–Supongo que tiene sentido.

Zuhal se había imaginado que Jasmine se mostraría mucho más agradecida. Inclinó la cabeza de manera solemne e intentó ocultar su indignación ante semejante testarudez e ingratitud.

–Mi gente lo organizará lo antes posible –añadió en tono frío–. Lleva solo lo esencial y estate preparada para cuando te llamen.

Ella volvió a negar con la cabeza y la larga trenza se balanceo como un péndulo dorado. Zuhal deseó entonces ver aquella melena extendida sobre su almohada.

–Preferiría poder elegir yo la casa.

Él abrió la boca para oponerse, pero la volvió a cerrar.

–Está bien –admitió a regañadientes–. Te mandaré una lista para que la consideres. Y necesitarás ropa nueva, no solo para el bebé, sino también para ti.

Ella se rio con amargura.

–No quiero tu caridad, Zuhal. Nunca la he querido. Llevaré mi ropa, como siempre, hecha por mí.

–Eso no puede ser –la contradijo él en tono gélido–. Ya no trabajas en una tienda ni vives en las habitaciones del personal de un hotel. Vas a vivir en una zona cara de la ciudad y levantarías sospechas si pareciese que estás fuera de lugar, cosa que ocurriría con tu actual aspecto.

Jasmine no pudo replicar porque Zuhal tenía razón. Siempre había cuidado su imagen, pero ya no le resultaba tan sencillo como en el pasado. Darius ocupaba todo su tiempo libre y ya no podía hacerse ropa nueva. Tampoco tenía el dinero necesario. Se metió un mechón de pelo detrás de la oreja. También había dejado de ir a la peluquería y por eso llevaba la melena larga.

Se mordió el labio inferior. Sería horrible rechazar la ayuda de Zuhal y que la confundieran con una limpiadora o una niñera. Jasmine sabía cómo funcionaba el dinero. Había trabajado en el hotel Granchester el tiempo suficiente para reconocer que los ricos solo estaban cómodos con otros ricos, que vestían y hablaban como ellos. Y ella no era así. Sobre todo, con unos vaqueros y un jersey viejos.

Entonces se le ocurrió otra pregunta.

–¿Y tú?

Él había recogido el sobre que había dejado en la mesa al llegar, pero levantó la vista hacia ella.

–¿Yo?

–¿Dónde vivirás?

Zuhal se encogió de hombros.

–Me aseguraré de tener una base en Londres, lo suficientemente cerca para poder ver a mi hijo, pero pasaré la mayor parte del tiempo en Razrastán, preparándome para el futuro que me espera.

Ella asintió.

–Por supuesto –dijo en tono comprensivo.

Hubo una pausa. Zuhal dudó.

–Además, tengo otro tema importante que considerar.

–¿Cuál?

–El de mi matrimonio.

–¿Tu matrimonio? –preguntó ella, sintiendo que se le aceleraba el pulso.

–Necesitaré a alguien a mi lado que me ayude a reinar, lo antes posible. Por eso debo encontrar a la candidata adecuada. Solo quiero que lo sepas, por si la prensa empieza a especular. Sé lo que piensas, Jazz, que, si se descubre que tengo un hijo, la tarea se complicará. No obstante, yo opino que no voy a tener mayor problema. Mi futura esposa tiene que ser una mujer comprensiva, ese es uno de mis requisitos. Y durante mis visitas a Darius, lo tratará como si fuese su propio hijo. Me aseguraré de ello.

Jasmine rogó por que su gesto no traicionase sus sentimientos. ¿De verdad pensaba Zuhal que podría leerle el pensamiento? No tenía ni idea. Ni idea del dolor, la ira, la vergüenza, el miedo que sentía. Se dijo que no le importaba lo que Zuhal hiciese con su vida ni con quién se casase, pero en realidad sí que le importaba. No soportaba la idea de que otra mujer fuese la madrastra de Darius, pero no podía hacer nada al respecto. Así era la vida moderna. Ella también tenía una madrastra.

Y la cosa no había salido bien. La esposa de su padre, mucho más joven que él, rechazaba todo lo que hiciese referencia a su matrimonio anterior. De hecho, ni siquiera permitía que Jasmine pasase tiempo con su hermanastra. Eso había resultado favorecer a todo el mundo, ya que su propia madre tampoco habría soportado que ella se llevase bien con su nueva familia.

Jasmine dejó de darle vueltas a aquello y clavó la mirada en los ojos negros de Zuhal. Deseó poder mandarlo al infierno, pero supo que no podía hacerlo porque sabía que Zuhal quería lo mejor para su hijo. Y, tal vez, vivir en Londres fuese mejor que estar en un pequeño pueblo. No obstante, eso no significaba que ella tuviese que actuar como si fuese su perro. No tenía por qué seguir acogiéndolo en su casa. Aquel hombre era ajeno a su dolor.

–¿Quieres ver a Darius antes de marcharte? –le preguntó en tono tranquilo.

–¿Marcharme? –repitió él, frunciendo el ceño–. ¿No se supone que ibas a preparar la cena?

La expresión de Jasmine no cambió.

–Me temo que no he podido preparar nada y, en todo caso, yo he perdido el apetito. Además, en estos momentos eres la última persona con la que me apetecería cenar, Zuhal.

# Capítulo 4

ENTONCES, ¿qué te parece tu nuevo hogar?
Jasmine no supo qué pensar. Todo había ocurrido demasiado deprisa y, con Darius dormido en su nueva y cara sillita, tuvo la oportunidad de centrarse por primera vez desde que había llegado a Londres, esa misma mañana. Y de acostumbrarse a su nueva casa que, para ella, no se parecía en nada a un hogar.

Giró sobre sí misma en el salón, que era casi del tamaño de un campo de fútbol y tenía unas vistas impresionantes a Hyde Park. Era el lugar que más le había gustado de todos los que le habían propuesto, en especial porque no se sentía rodeada de otros edificios. Como era un piso muy alto no se oía el tráfico y casi podía imaginarse que estaba en el campo y no en medio de la gran ciudad. Cuando ella había visitado el piso, había estado vacío, pero después lo habían amueblado con todo lujo de detalles.

También le habría gustado poder opinar acerca de la decoración, que le resultaba demasiado impersonal. Los enormes sofás de terciopelo iban a juego con las alfombras que adornaban los brillantes suelos de madera. Había cuadros de colores vibrantes en las paredes y la escultura de una cabeza de caballo junto a la ventana. Incluso habían dejado revistas de moda en una de las múltiples mesitas de café y jarrones llenos de rosas. Parecía un decorado de película, una habitación diseñada en un solo día y no poco a poco, llena de recuerdos. Tampoco era normal que la hubiesen llevado hasta allí en una limusina con los cristales tintados, ¿o sí? Ni rodeada de guardaespaldas que seguirían fuera, con aquellos sospechosos bultos bajo sus chaquetas.

Zuhal había llegado poco después, sin su habitual cortejo de asistentes, lo que había hecho que a ella se le acelerase el pulso. Odiaba que su cuerpo reaccionase así ante un hombre que le había demostrado lo frío y cruel que podía llegar a ser, que veía a su propio hijo como una póliza de seguro. No obstante, iba a hacer lo posible por no juzgarlo porque sabía que eso podía perjudicar a su hijo a largo plazo.

Se preguntó si llegaría a acostumbrarse a vivir en un piso con tres baños de baldosas blancas, relucientes, y llenos de los mismos productos que ella había vendido en la boutique del hotel Granchester, por lo que sabía cuánto costaban.

Había elegido su dormitorio mientras sentía el aliento de Zuhal en la nuca e intentaba no mirar hacia la cama. La habitación más bonita era la de Darius, en la que había una cuna de madera muy suave, un móvil lleno de planetas y estrellas colgando del techo, el alféizar de la ventana lleno de juguetes, osos de peluche y un mono muy suave con los ojos saltones. Y había sido entrar en ella y pensar que había hecho lo correcto al mudarse allí, aunque solo fuese por el bien de su hijo.

Se acercó a la ventana y se alejó del olor a sándalo de Zuhal, y miró hacia el parque, donde había varias personas disfrutando de aquel día primaveral, sentadas en los bancos, comiendo, y un adolescente con su monopatín. El lago estaba bordeado de narcisos amarillos que bailaban con la brisa, como los del poema de Wordsworth que había aprendido en el colegio. Por aquel entonces todavía había tenido esperanzas, hasta que su madre había tenido la última crisis por culpa de su padre y ella ya no había vuelto a concentrarse en los deberes.

Pero aquel recuerdo le hizo pensar en el futuro. Tal vez sus propias ambiciones se hubiesen quedado en el camino, pero Darius todavía tenía toda la vida por delante. Se dijo que debía intentar mostrarse positiva y responder a las preguntas del jeque con un poco más de entusiasmo.

–Es precioso –dijo, girándose hacia él.

–¿Piensas que podrás ser feliz aquí? –insistió él.

«¿Feliz?». Era una pregunta curiosa. Desde que Darius había nacido, lo único que ella había querido era darle seguridad, cosa que acababa de conseguir sin haberlo planeado. A partir de entonces iban a vivir rodeados de lujos, todos pagados por Zuhal. Tendría que haberse sentido aliviada, pero…

¿Cómo iba a sentirse aliviada, o relajada, si seguía deseando al jeque a pesar de saber que no debía hacerlo?

Volvió a mirar por la ventana y respondió:

–Voy a hacer todo lo que esté en mi mano para ser feliz.

–Bien. Me gusta que tengas una actitud positiva.

Ella se encogió de hombros y se giró a mirarlo.

–No lo hago por ti, Zuhal. Se lo debo a mi hijo.

–Nuestro hijo, Jazz. Por favor, no lo olvides –la corrigió él en tono suave antes de mirarse el reloj al oír que llamaban al timbre–. Excelente. Justo a tiempo. Ven conmigo, por favor.

Jasmine parpadeó. ¿Tenían visita? Durante varias acaloradas conversaciones acerca de su intimidad y de la elección del piso, Zuhal le había dejado claro que no socializarían juntos. De hecho, su relación, fuese la que fuese, se mantendría en secreto. Y a ella le parecía bien. Quería pasar con él el menor tiempo posible. O, más bien, debía pasar con él el menor tiempo posible si no quería perder la cabeza.

–¿Quién viene? –preguntó–. ¿Quién ha llamado a la puerta?

–Espera y lo verás.

Jasmine apretó los labios, molesta con su respuesta.

Zuhal dio una orden en su idioma y la puerta se abrió desde el exterior y apareció un guardaespaldas que dejó paso a una muchacha. Tendría unos veinte años e iba vestida de manera tradicional, con el pelo recogido en lo alto de la cabeza. La muchacha sonrió a Jasmine y se inclinó ante Zuhal, que le hizo un gesto para que se incorporase y entrase en el piso.

–Jazz, quiero que conozcas a Rania –dijo–. Te va a ayudar a cuidar de Darius. Es su nueva niñera.

–Encantada de conocerla, señora –la saludó Rania en un perfecto inglés–. Y estoy deseando conocer a Darius.

–¿Por qué no se lo presentas ya? –le preguntó Zuhal a Jasmine.

–Porque está dormido –respondió ella enseguida, incómoda con la situación.

–No lo despertaré, señora –le aseguró Rania.

Así que Jasmine tuvo que acompañarla hasta donde estaba el bebé.

–El hijo del jeque es un bebé precioso –comentó Rania, inclinándose sobre el niño.

Jasmine se sintió como una marioneta, manejada por los demás. Y las palabras de Rania retumbaron en su cabeza. «El hijo del jeque. El hijo del jeque». Se dijo que no iba a permitir que la niñera razrastaní ocupase su lugar.

–Se parece mucho a su padre –continuó Rania.

Jasmine deseó poder decir lo contrario, decir que, en realidad, el niño tenía sus ojos y su pelo, pero en realidad no se parecía en nada a ella, no tenía el pelo ni los ojos claros. Con aquella piel aceitunada y el pelo moreno, no podía haber un bebé que se pareciese más a su padre. Además, tenía las piernas fuertes y las pestañas largas, y el pediatra ya le había dicho que iba a ser muy alto.

–Sí, Rania –le respondió a la niñera, intentando recuperar la compostura y centrarse en asuntos más prácticos–. ¿Y dónde… vas a alojarte tú?

Rania miró a Zuhal, que no tardó en responder en su lugar.

–Rania tiene su propio apartamento. Está comunicado con este. Me parece que no has prestado mucha atención cuando te he enseñado el piso.

Jasmine apretó los labios. Era evidente que no.

–Vine ayer a terminar de prepararlo –comentó Rania con orgullo–. ¿Quiere verlo, señora?

–Por supuesto –respondió Jasmine, fulminando a Zuhal con la mirada–. Y no es necesario que me llames «señora», me puedes llamar Jasmine.

–Pero…

–Por favor –insistió ella con firmeza–. Vamos, estoy deseando ver dónde vas a vivir, Rania.

Los tres avanzaron por el pasillo en silencio hasta llegar a la puerta que había al final, en la que Jasmine no se había fijado antes. Pensó que el agente inmobiliario tampoco había puesto mucho interés en enseñársela y que ella se había sentido tan abrumada que tampoco la había descubierto sola. Rania la abrió e hizo un gesto para que Zuhal y ella pasasen delante. Jasmine entró, pero Zuhal se quedó en el umbral, pensativo.

El apartamento era pequeño, pero muy bonito, y constaba de un dormitorio con baño y una cocina, un salón con terraza que también daba al parque y, en una de las paredes, había un enorme póster de un lugar que Jasmine reconoció al instante. Se sintió como si le acabasen de clavar un puñal al ver el imponente palacio brillando bajo la luz del sol.

Aquel era el hogar de Zuhal, un hogar que pronto compartiría con su futura esposa.

Y con Darius también.

–Qué vistas más bonitas tienes, Rania –comentó.

Y se preguntó si Zuhal se había dado cuenta de lo confundida que se sentía. Tal vez fue ese el motivo por el que la agarró del codo para sujetarla, como si fuese una señora mayor a punto de cruzar una calle. Ella le apartó la mano porque no quería que la tocase, y no era solo por miedo a la reacción de su cuerpo, sino porque, al fin y al cabo, Zuhal se estaba comportando de manera autoritaria y dominante.

–¿Por qué no dejamos que Rania se instale? –sugirió él en voz baja–. Ya hablaréis después de la rutina del bebé.

Rania asintió y cerró la puerta tras ellos. Jasmine esperó a estar de nuevo en el salón para hablar. Esperó a estar lo suficientemente lejos de la otra mujer y a comprobar que Darius seguía dormido.

–Me permitiste ver el piso –lo acusó–, pero no me preguntaste si quería ayuda para cuidar de nuestro hijo.

–Rania le gusta a todo el mundo –respondió él.

–¡No se trata de eso! –exclamó ella, casi gritando–. ¡Y tú lo sabes! Así que no me mires como si no supieses de qué estoy hablando.

A Zuhal le sorprendió verla tan enfadada y, en otras circunstancias, se habría sentido divertido y la ira no habría tardado en transformarse en pasión, pero eso no iba a ocurrir, a juzgar por cómo lo estaba mirando Jazz.

Se aflojó un poco la corbata y, mostrándose impasible, respondió:

–Es un príncipe del desierto, Jazz, debe tener una niñera, una niñera que hable mi idioma y conozca las costumbres de mi país. Será bilingüe, algo esencial si algún día se convierte en rey.

–Ya te he dicho que siempre lo he cuidado yo sola, que no he querido dejarlo con desconocidos.

–Rania es hija de la que fue mi niñera. Habla inglés perfectamente y se ha formado en uno de los mejores establecimientos de Inglaterra, en el que se forman las niñeras de la casa real inglesa, por si te interesa.

–No me interesa. Sigo pensando que debías haberme preguntado antes.

Zuhal estaba empezando a perder la paciencia pero intentó controlarse un poco más. Tenía que tratarla con imparcialidad mientras negociaban la nueva situación. Aunque, ¿cómo iba a mostrarse imparcial si llevaba deseándola desde que Jazz le había abierto la puerta de su pequeña casa en Oxfordshire?

Allí la había besado y la sensación no podía haber sido más intensa. Se preguntó si se sentía tan frustrado porque no habían ido más allá.

No obstante, había miles de motivos por los que no debía desearla. Jazz lo había engañado, había intentado ocultar la existencia del niño.

Pero, a pesar de aquello, la deseaba igual y no podía evitar desear llevársela a la cama de una vez por todas. Tal vez después pudiese quitársela de la cabeza para siempre.

Suspiró y decidió intentar tranquilizarla.

–Si, por cualquier motivo, Rania no te satisface... podríamos buscar a otra persona. No pensarás que quiero hacer nada que pueda amenazar o alterar la vida de mi hijo, ¿verdad Jazz?

–Dicho así, da la sensación de que me estoy comportando de manera absurda.

–No era mi intención. Darius necesita tener en su vida a alguien más que a sus padres –continuó él–. Alguien en quien pueda confiar, con quien se sienta seguro. Lo entiendes, ¿verdad?

Ella asintió y se alisó el vestido. Después lo miró a los ojos con una extraña expresión de complicidad.

–Supongo que tienes razón –admitió, encogiéndose de hombros–. En especial, si no tiene abuelos.

Zuhal apretó los labios a pesar de que él tampoco había tenido abuelos y no sabía cómo era esa relación. Miró a Jazz porque prefería pensar en ella que en el ambiente tóxico en el que había crecido.

En las dos últimas semanas había cambiado el tiempo y hacía más fresco, pero Jazz llevaba un vestido de algodón salpicado de flores y una chaqueta de punto de un rosa un poco más claro que el de las flores del vestido. Parecía muy joven, llena de vida, y estaba muy guapa. Zuhal deseó tocarla. Deseó besarla y meter la mano por debajo de la falda del vestido para acariciarla entre los muslos. Se le secó la garganta. A pesar de su belleza, parecía una universitaria de camino a sus clases, no una joven mamá que vivía en uno de los edificios más caros de Londres.

–Pensé que ibas a comprarte ropa nueva –comentó.

–¿Qué tiene de malo mi ropa?

–Nada, pero no es apropiada para tu nueva posición, Jazz –le respondió él en tono suave–. Lo sabes tan bien como yo.

Ella asintió.

–¿Y cómo definirías exactamente mi nueva posición, Zuhal?

Zuhal se puso tenso. ¿Era aquello una invitación a ser completamente franco con ella? ¿Para ponerse de acuerdo en disfrutar al máximo los dos? ¿Para aprovechar la ocasión? Notó que se le aceleraba el pulso. Ya no había ira en la mirada de Jazz, sino otra cosa. ¿Acaso no lo había mirado con deseo nada más llegar? ¿No se le habían endurecido los pezones bajo aquel vestido barato nada más verlo?

–Eso depende de ti –le dijo con voz aterciopelada–. La decisión es tuya.

Ella lo miró con cautela.

–Estás siendo muy… evasivo. No entiendo qué me quieres decir.

–Seré claro, para que no haya lugar a malentendidos –respondió él–. Cuando nos besamos el otro día, quedó claro que sigue habiendo atracción entre nosotros. Yo te deseé nada más verte y sigo haciéndolo, a pesar de que hayas querido ocultarme la existencia de mi hijo y te hayas mostrado desafiante conmigo. Estoy dispuesto a pasar por alto tu testarudez porque has sido la mejor amante que he tenido.

Zuhal sonrió de oreja a oreja y añadió:

–Y estaría encantado de volver a disfrutar de esos placeres contigo.

Ella asintió muy seria, como si estuviese pensando en lo que le iba a responder.

–¿Me estás diciendo que quieres retomar nuestra relación donde la dejamos?

Zuhal sonrió.

–Ni siquiera yo habría podido expresarlo mejor.

–¿A pesar de tener que buscar una mujer con la que casarte?

Él se puso serio.

–Eso no va a ocurrir de un día para otro, Jazz. Si bien es cierto que corre prisa, supongo que no me casaré hasta finales de año.

–¿Y propones que seamos amantes durante ese tiempo?

–Sabía que lo entenderías.

–Sí, lo entiendo muy bien –replicó ella en tono airado–. Entiendo que eres un hombre muy arrogante, que trata a las mujeres como si fuesen juguetes de los que se puede deshacer cuando se ha cansado de ellos.

Dio un paso hacia él, como un boxeador que quisiese arrinconar al otro en el ring.

–¿De verdad piensas que me voy a quedar aquí, esperando a que vengas a verme, para meterme en la cama contigo?

–¿Cómo te atreves a hablarme así?

–¿Mientras tú buscas una esposa entre las princesas del desierto?

–Es una manera demasiado burda de exponerlo –le contestó Zuhal.

–Es la verdad, Zuhal.

–He sido sincero contigo, Jazz. Y tú deberías corresponderme. Si no quieres que sea tu amante, ¿en qué planeas ocupar tu tiempo?

Jasmine respiró hondo, supo que debía ser fuerte. O, al menos, tenía que parecer fuerte. Zuhal no podía saber que lo deseaba tanto como él a ella, pero que la diferencia era que ella estaba implicada emocionalmente.

–Tú tienes pensado vivir tu vida como estimes oportuno y yo voy a hacer exactamente lo mismo. Voy a ser la mejor madre que pueda y voy a intentar complacer tus deseos con respecto a Darius, pero también voy a vivir mi vida. Voy a hacer amigos y a forjarme un futuro.

–¿Con un hombre? –inquirió él inmediatamente.

A Jasmine le gustó verlo celoso.

–¿Quién sabe? Soy joven, libre y soltera –le respondió con toda naturalidad–. Y estamos en Inglaterra, Zuhal. Aquí los hombres y las mujeres son iguales.

Él resopló, furioso, se dio la vuelta y salió del piso dando un portazo.

# Capítulo 5

SU ALTEZA Real la está esperando en el salón, señora.

Jasmine, que estaba sacando a Darius de su cochecito, intentó no fruncir el ceño al mirar a Rania, que parecía nerviosa. Se había dado cuenta de que no merecía la pena insistir en que no la llamase «señora» y de que no tenía ningún control sobre los movimientos del jeque en su vida. Él aparecía cuando le apetecía y, por supuesto, entraba porque siempre estaban Rania o un guardaespaldas para abrirle la puerta. Tal vez fuese ella la que vivía allí, pero Zuhal era quien había comprado el piso y todo su contenido. Y, en ocasiones, Jasmine tenía la sensación de que también ella era de su propiedad.

No era la situación ideal, sobre todo porque cada vez que lo veía tenía que contenerse para no tocarlo, para no mirarlo fijamente durante demasiado tiempo. Zuhal viajaba a Londres una vez a la semana por negocios y Jasmine intentaba pasar con él el menor tiempo posible y dejarlo con su hijo y con Rania. Porque no tenía sentido fingir que eran una familia feliz.

Y porque ella no quería intimar con él para que después Zuhal se marchase con su esposa.

Pero, cuando Zuhal se marchaba, también tenía que hacer un esfuerzo por sacárselo de la mente y repetirse que tener sexo con él no iba a aportarle nada, por mucho que su cuerpo lo desease. Había tenido la oportunidad de hacerlo y la había rechazado. Ese tren ya había pasado.

–Yo llevaré a Darius –se ofreció Rania.

–No es necesario, gracias, Rania. Me parece que le duelen las encías, porque se ha pasado casi toda la noche despierto. Esta mañana ha estado llorando en la clínica, pero la enfermera me ha dicho que está creciendo a pasos agigantados.

Rania se aclaró la garganta con nerviosismo.

–Es una noticia excelente, señora, pero a Su Alteza Real no le va a gustar tener que esperar.

–Por supuesto que no –respondió Jasmine en tono alegre–, pero tal vez le venga bien.

–¿Eso piensas? –preguntó una voz masculina.

A Jasmine se le erizó el vello de la nuca mientras Zuhal avanzaba en silencio por el pasillo.

Él entró, le acarició la mejilla a su hijo y después se giró hacia la niñera.

–Rania, ¿te importaría cuidar de Darius para que yo pueda hablar con Jazz?

–Por supuesto, Alteza.

Rania tomó a Darius en brazos con la tierna eficiencia con la que se comportaba y que había hecho que Jasmine confiase en ella y Jasmine obedeció el gesto de Zuhal y lo acompañó al salón. En el exterior las flores del parque eran ya flores de inicio de verano.

–¿No se te ha ocurrido avisarme de que venías? –le preguntó, inclinándose a ahuecar un cojín.

–¿Por qué iba a hacer eso? –quiso saber él–. Salvo que tengas pensado hacer algo que sabes que me enfadaría, no tengo por qué avisar antes de venir. ¿O es que pretendes hacer algo que me pueda enfadar?

–No te andes con rodeos, hoy no tengo la energía necesaria para descifrarlos, Zuhal –le dijo ella–. ¿A qué te refieres?

–A estar con otro hombre, por ejemplo –le aclaró él.

–No sé de qué estás hablando.

–Por supuesto que sí –le dijo él, yendo y viniendo por el salón–. Ayer vino un hombre.

–¿Y cómo sabes tú eso?

–¿Que cómo lo sé? –repitió él–. ¡Porque me han informado mis guardaespaldas!

–Entonces, ¿ahora me espías? –inquirió Jasmine–. No solo haces investigar el grupo de juegos al que acudo con Darius, sino que tampoco puedo invitar a amigos a la que se supone que es mi casa sin que esos gorilas corran a contártelo.

–No seas tan ingenua, Jazz –le dijo él–. Mi hijo está a tu cuidado y es normal que mi personal me informe si alguien desconocido viene aquí. Tienes suerte de que no le impidieran el paso. Ahora, dime, ¿quién es?

Por un instante, Jasmine se sintió tentada a mentir y decirle que era su nuevo amante, y que ambos habían esperado a que el niño estuviese dormido para disfrutar de una noche de pasión, pero decidió no enfadar a Zuhal todavía más.

Se encogió de hombros.

–Es un camarero italiano al que conocí cuando trabajaba en el Granchester.

–¿Un camarero italiano? –repitió él, como si acabase de oír que salía con un asesino en serie–. ¿Y qué demonios estaba haciendo aquí, Jazz? ¿Practicar sirviéndote la cena o enseñándote cómo se besa en Roma?

–No seas ridículo –le respondió ella–. Solo está adquiriendo experiencia.

–¿Qué tipo de experiencia?

–Experiencia laboral, antes de volver al restaurante de su padre en Lecce, no en Roma –le explicó ella–. Su hermana está embarazada y, como sabía que a mí me gusta coser, me pidió que diseñara algo especial para su nuevo sobrino, para llevárselo a Italia. Todavía no lo he terminado, pero, mira, lo tengo aquí…

Pasó del salón a una de las habitaciones que no se utilizaban, que Jasmine había convertido en taller de costura, y volvió con un minúsculo trajecito.

–Míralo, por si no me crees.

Y Zuhal sintió que la tensión se disipaba y era reemplazada por un enorme alivio. ¿De verdad se había imaginado a Jazz en brazos de otro hombre? Aquel era el problema, que sí que lo había hecho, muchas veces. Porque se sentía frustrado. Se sentía impotente. Era la primera vez en su vida que una mujer se negaba a hacer lo que él le pedía: acostarse con él. Había intentado convencerse de que la entendía y de que era mejor así, pero no podía dejar de pensar en ella y seguía convencido de que la única manera de olvidarse de ella era volviendo a acostarse con ella.

–Ya he visto algo parecido antes –comentó, con la mirada clavada en la prenda.

–Por supuesto, Darius tiene uno muy similar, pero de un color diferente. Aquí he utilizado una tela de barcos en vez de patitos.

Él asintió.

–Un trabajo excelente –comentó.

Ella lo estaba mirando expectante, como si estuviese esperando el comentario jocoso.

–¿Y?

–Y... nada. Que es evidente que tienes mucho talento.

Ella negó con la cabeza.

–Yo no diría tanto.

–No vamos a discutir, Jazz. ¿Por qué no aceptas el cumplido sin más?

–De acuerdo. Gracias –le respondió ella, ruborizándose–. ¿Qué puedo hacer por ti, Zuhal, además de demostrarte que no tienes motivos para estar celoso?

Él intentó no fijarse en la curva de sus pechos y pensar con coherencia.

–Necesito hablar contigo.

–Tu dirás, pero tiene que ser rápido, porque quería salir a dar un paseo por el parque antes de que se haga de noche.

–¡Pero si acabas de volver a casa!

–Rania estará aquí mientras Darius duerme la siesta, así que había pensado en salir a tomar un poco el aire. Perdona que haya hecho semejantes planes, pero no sabía que tenía que fichar cada vez que entro y salgo de casa. Aunque tal vez haya sido una tonta, tal vez hayas comprado el ático precisamente porque es como una fortaleza.

–¿No te gusta vivir aquí? –le preguntó él–. Fue el que más te gusto de la lista, creo recordar.

Jasmine dudó. Zuhal no solía pedirle su opinión y, además, ella sabía que debía alegrarse de que su hijo estuviese protegido y de no tener ningún problema financiero, pero, a pesar de todo eso, enseguida se había dado cuenta de que la vida de Londres era muy distinta de la de Oxford, en especial, con un bebé. Cuando había trabajado en el hotel Granchester no había tenido ninguna responsabilidad y todo su tiempo libre había sido suyo, pero eso había cambiado. En esos momentos era consciente de que el niño necesitaba ver a otros niños, por eso había buscado un grupo de juegos.

A Darius le encantaban las canciones y los juegos que hacían allí y Jasmine había tenido la oportunidad de conocer a otras mujeres de su edad, pero todas eran niñeras, no madres, lo que la había hecho sentirse fuera de lugar. Había hecho un par de amigas de manera bastante superficial para no levantar sospechas y evitar que le hiciesen preguntas a las que Jasmine no podría contestar.

–Es muy cómodo, pero en ocasiones me siento como si me hubiesen enterrado en vida, aquí arriba. Sé que hay una terraza, pero... no es lo mismo que salir a dar un paseo. En ocasiones, me siento...

–¿Cómo?

–No sé... atrapada.

–Eso lo comprendo. Y muy bien. Así que me parece bien, saldremos a dar un paseo juntos.

Ella lo miró con sorpresa.

–¿Cómo? ¿No se supone que no nos pueden ver juntos?

–Nadie se fijará en nosotros. Seremos otra pareja más dando un paseo. Gracias a mi formación militar, he aprendido a mezclarme con la multitud –le explicó Zuhal–. Y mis guardaespaldas también están entrenados para vigilarnos a lo lejos.

Ella se preguntó cómo podía pensar Zuhal que era capaz de mezclarse con la multitud, si en esos momentos dominaba el enorme salón con su poderosa presencia. Su aspecto no era muy distinto al de otros hombres de negocios que frecuentaban aquella parte de la capital. Llevaba un traje negro exquisitamente cortado y camisa de seda beige, como cualquier otro multimillonario, pero era distinto a los demás. Era un jeque del desierto y hacía las cosas de un modo diferente, pensaba de un modo diferente. Y a Jasmine no le apetecía dar un paseo con él, pero prefería salir a quedarse entre aquellas cuatro paredes sintiendo cómo su cuerpo reaccionaba al tenerlo tan cerca, así que asintió.

–De acuerdo.

Mientras Zuhal hablaba en su idioma nativo por teléfono, ella fue a prepararse y a decirle a Rania que no tardaría en volver. Se calzó unas alpargatas y se puso un sombrero de paja, y cuando salió del dormitorio se encontró a Zuhal esperándola en el pasillo, mirándose el reloj de oro con evidente irritación. Se había quitado la corbata y se había desabrochado los dos primeros botones de la camisa.

Jasmine no supo si había sido su imaginación o si el jeque había apretado realmente la mandíbula al verla con las alpargatas, cuyos lazos rosas subían en zigzag por sus piernas como las sandalias de un gladiador. No, no se lo había imaginado. Tal vez hubiese sido inocente cuando lo había conocido, pero había aprendido a reconocer la tensión sexual que se creaba cuando estaban juntos. Era la misma que a ella le hacía desear lanzarse a sus brazos y besarlo apasionadamente.

Estar con él en la calle le resultó extraño y agradable, y Jasmine se dio cuenta de que nunca habían estado al aire libre juntos. Habían frecuentado restaurantes mal iluminados al principio y, más tarde, casas prestadas en las que pasaban la noche juntos. No obstante, la combinación de cielo azul y un sol cuyo brillo se reflejaba en el agua del lago hizo que Jasmine se sintiese más tranquila y despreocupada que en muchos meses. Y Zuhal había tenido razón con respecto a sus guardaespaldas, no se los veía por ninguna parte.

Tampoco había exagerado su capacidad de pasar desapercibido. ¿Sería porque se había quitado la corbata o porque también parecía relajado? El caso era que se había convertido en un hombre espectacularmente guapo que daba un paseo con su…

«¿Su qué?».

¿Cómo podía describirse su papel en la vida del futuro rey? No era su novia, eso, seguro. Ni siquiera su amante, ya no. Y decir que era la madre de su hijo daba a entender que habían estado casados, cosa que tampoco era cierta. Jasmine se mordió el labio inferior. En realidad, nunca había sido nada para él, lo que no entendía era por qué lo había aceptado tan alegremente. Tal vez porque su despertar sexual había sido tan intenso que no había podido pensar en nada más. Se había limitado a vivir la experiencia de ser la amante de alguien.

¿O había sido porque había creído estar enamorada de él? ¿Cómo podía haberse enamorado de alguien que la manejaba a su conveniencia? En realidad, nunca había conocido a Zuhal, y en esos momentos empezaba a vislumbrar en él una parte cruel que nunca había estado presente en su relación.

La voz de Zuhal la sacó de sus pensamientos.

–Pensé que querías salir a pasear para relajarte, pero tengo la sensación de que llevas sobre los hombros todo el peso del mundo. Relájate, Jazz. Hace un día precioso.

Ella parpadeó y se dio cuenta de que el jeque la estaba observando. Estaba sonriendo.

–Tienes razón. Hace un día espectacular.

Echó la cabeza hacia atrás y respiró hondo mientras cerraba los ojos. Un tintineo le hizo volver a abrirlos. Había un camión de helados a lo lejos, frente al que esperaban varios niños, y tal vez fue el fuerte choque entre un pasado difícil y un presente también difícil lo que hizo que se le encogiese el corazón.

–¿Te ocurre algo, Jazz?

Ella miró a Zuhal con desconcierto.

–¿Por qué?

–Te has puesto pálida –señaló él en un susurro–. Blanca como la leche.

Si hubiesen estado en casa, jamás se lo habría contado, y él tampoco se lo habría preguntado, pero allí, al aire libre, ambos estaban más desinhibidos.

–Un día, cuando era pequeña, se detuvo un camión de helados delante de mi casa –empezó–. Yo oí la música y salí a la calle, más que nada por escapar de la discusión que había en casa entre mis padres que porque pensase que me fuesen a comprar un helado.

–¿Te lo compraron?

–Lo cierto es que sí –respondió ella, esbozando una sonrisa–. Mi padre salió y me compró el helado más grande que había visto en mi vida. Un cono enorme con helado blanco y rosa y una galleta de chocolate clavada en él. Entonces, me pregunté qué hacía mi padre allí a aquellas horas, cuando debía haber estado trabajando. Él me dio un beso en la cabeza y me dijo adiós con una voz extraña, y recuerdo que lo vi alejarse por la calle mientras mi madre salía de casa corriendo.

–¿Y? –la alentó Zuhal.

Jasmine se encogió de hombros.

–Mi madre me dijo que mi padre se había marchado. Que tenía otra hija con otra mujer, otra hija a la que quería mucho más que a mí. También me dijo otras cosas, cosas que he intentado olvidar, y luego se derrumbó. Lo mismo que mi helado, del que yo me había olvidado por completo. El helado cayó al suelo y formó un enorme charco de crema.

Había sido el final de su niñez y el principio de una fase muy distinta, en la que ella se había convertido en la madre y su madre, en la hija.

–Jazz, ¿estás llorando? –le preguntó Zuhal en voz baja.

Ella levantó la vista al notar que le tocaba la cara. ¿Cuándo se había acercado tanto como para poder tocarla?

–No –le contestó ella–. Llorar es una pérdida de tiempo.

Tuvo la sensación de que él la comprendía. Zuhal le acarició la barbilla con el pulgar y aquello le recordó a los días en los que habían entrelazado sus cuerpos desnudos. Jasmine tragó saliva y rogó por que continuase, sabiendo que, si la abrazaba, no podría resistirse. Porque no había nada que desease más que sentir sus labios y perderse entre sus brazos. Estaba cansada de estar sola, de no poder tenerlo.

El ambiente cambió a su alrededor. Jasmine se puso tensa al ver que Zuhal se acercaba un paso más. Se sintió esperanzada al ver que la miraba fijamente y entonces alguien la llamó y ella se sobresaltó.

–¡Jasmine! ¡Hola, Jasmine!

Se giró y vio a Carrie, la entrometida niñera del grupo de juegos de Darius, que en esos momentos no estaba al cuidado de las gemelas. Llevaba puestos unos pantalones vaqueros cortos y una camiseta que se ceñía a sus generosos pechos.

Jasmine miró de reojo a Zuhal, pero él no parecía impresionado con la morena, como la mayoría de los hombres del vecindario, sino que la miraba con frío desdén

–Hola –la saludó Jasmine.

–Hola, me alegro de verte por aquí –respondió Carrie, mirando a Zuhal de arriba abajo–. Usted debe de ser su marido.

–Este es Zuhal –dijo Jasmine enseguida, y vio que él la fulminaba con la mirada–. Solo estábamos…

–Nos marchábamos ya –la interrumpió Zuhal, agarrándola del codo.

–Oh, ¿de verdad? Qué pena, porque veo que estamos todos sin niños y hace un día perfecto para ir a tomar algo y olvidarse de todo lo demás.

–Yo no bebo –replicó Zuhal.

Jasmine pensó después que había sido una pena que Carrie se hubiese acercado entonces tanto a él, porque los guardaespaldas malinterpretaron su intención y salieron inmediatamente de detrás de varios árboles y los rodearon. Carrie se quedó de piedra y Jasmine se dio cuenta de que había uno de los guardaespaldas que no conseguía apartar la mirada de sus pechos.

–Vaya –comentó Carrie–. Ahora sí que está difícil la elección.

Los siguientes minutos pasaron sin que Jasmine se diese cuenta. Solo supo que la habían sacado del parque para llevársela de vuelta a casa y que Zuhal estaba muy enfadado. Su gesto comprensivo y tierno se había transformado y su mirada se había vuelto dura y fría como el acero.

–¡No me puedo creer que te relaciones con personas así! –bramó cuando estuvieron en el ascensor.

–No creo que pretendiese hacer ningún daño –se defendió ella–. Es solo... una chica joven a la que le gusta trabajar mucho y disfrutar mucho también.

–¡Es una depredadora! –insistió Zuhal–. ¡Que se viste como una fulana! No quiero que mi hijo trate con alguien así. ¿Lo has entendido, Jazz?

–¿No pensarás controlar con quién me relaciono?

Él asintió, estaba muy serio.

–Si es necesario, sí.

Ella odiaba el modo en que entraba y salía de su vida, realizando los cambios que estimaba convenientes antes de volver a Razrastán. Tenía que entender que, a pesar de que estaban viviendo en su piso, ella seguía siendo libre y podía relacionarse con quien quisiese. No obstante, Jasmine decidió callarse porque no quería seguir discutiendo.

De vuelta en casa, se sintió mal. Él seguía furioso cuando se despidió con voz tensa y salió del piso sin decirle nada más.

Ella se quedó en el salón vacío, sola, mirando por la ventana y dándose cuenta de lo complicada que se había vuelto la situación. Lo deseaba, sí, nunca había dejado de hacerlo, pero por orgullo e instinto de supervivencia ya no podía conformarse con lo poco que Zuhal estaba dispuesto a ofrecerle.

# Capítulo 6

JASMINE empezó a darse cuenta de que algo iba mal cuando recibió una llamada a su teléfono móvil de un número que no tenía grabado. Pensó que querrían venderle algo y respondió, sobre todo, porque hacía mucho tiempo que no la llamaba nadie.

–¿Dígame?

–¿Es la señorita Jones? ¿La señorita Jasmine Jones? –le preguntó una mujer con voz firme y segura.

–Sí.

–Solo quería hacerle un par de preguntas, señorita Jones. ¿Es cierto que es usted la madre del hijo del jeque de Razrastán?

A Jasmine estuvo a punto de caérsele el teléfono de la mano.

–¿Con quién estoy hablando, por favor?

–Ni nombre es Rebecca Starr y llamó del *Daily View* –le respondió la otra mujer–. Veo que no ha respondido de manera negativa a mi pregunta.

Jasmine colgó con dedos temblorosos y se preguntó cómo la tal Rebecca Starr había conseguido su número de teléfono y cómo debía haber respondido ella. Tragó saliva. Se dijo que lo mejor era no responder, no hacer nada. Y, por supuesto, no iba a molestar a Zuhal con el tema, después de lo enfadado que se había ido de allí el día anterior después del incidente con Carrie en el parque.

El teléfono volvió a sonar y Jasmine respondió por miedo a que despertase a Darius, que estaba durmiendo.

–¿Señorita Jones? Soy Rebecca Starr otra vez. ¿Tiene planes de casarse con el jeque Zuhal al Haidar de Razrastán?

–¿Cómo ha conseguido mi número? –le preguntó Jasmine.

–Tenemos entendido que el jeque necesita una esposa –continuó la periodista–, ahora que va a ser coronado rey.

Jasmine volvió a colgar el teléfono y se resistió a la tentación de enterrarlo debajo de uno de los cojines de terciopelo que había perfectamente colocados encima del sofá, ya que sabía que, si tocaba uno de los cojines, inmediatamente aparecería alguien para volver a ponerlo en su lugar. Ese era el problema de tener todo un ejército de limpiadoras a su disposición, que no podía desahogarse haciendo labores domésticas. No podía limpiar el suelo ni quitar telas de araña del techo.

Intentó convencerse de que la prensa perdería el interés en ella si no les daba alas y continuaba con su rutina habitual. Cuando Darius se despertó de la siesta, se lo llevó a dar un paseo por el parque. Intentó ignorar la discreta presencia de los guardaespaldas y deseó no encontrarse con Carrrie de nuevo. Aunque supo que, antes o después, tendría que volver a verla y responder a sus preguntas acerca de Zuhal.

Estaba rodeando el lago cuando sintió que algo se movía cerca de ella y, de repente, vio un flash cegador. Parpadeó y entonces uno de los guardaespaldas se dirigió hacia unos matorrales mientras otros tres la rodeaban.

–¿Qué está pasando? –preguntó ella.

–Paparazzi –respondió uno de ellos.

–¿Y qué quieren?

–Fotografías, de usted y del príncipe real. Tenemos que marcharnos, señorita Jones.

–Pero…

–Ahora mismo, señorita Jones.

Jasmine intentó mantener una actitud positiva mientras la llevaban casi en volandas de vuelta a casa porque no quería que Darius la viese mal, pero en cuanto Rania se llevó al niño y ella se quedó sola, no pudo evitar derrumbarse. De repente, tenía frío, le temblaban las manos y tenía el corazón acelerado. Se preguntó si así iba a ser su futuro, si iba a tener que estar siempre encerrada en aquel lujoso ático, ocultándose de personas anónimas que querían tomar fotografías de su hijo sin pedirle permiso.

Deseó moverse, pero, sobre todo, sintió la necesidad de hablar con Zuhal, tal vez porque era la única persona que podría comprenderla, dado que Darius también era su hijo. Fue a su dormitorio, donde la cama estaba perfectamente hecha y el camisón, perfectamente doblado debajo de la almohada. Las fotos enmarcadas de Darius y el retrato que le habían hecho a su madre antes de que perdiera la cabeza eran los únicos signos de que la habitación pertenecía a alguien. Era el dormitorio de una mujer sola, pensó, mientras buscaba en un cajón el número de teléfono que Zuhal le había dado.

Todavía con dedos temblorosos, marcó el número y se sobresaltó al oír tan pronto la voz de Zuhal. No había pensado que sería su número directo, pero se dijo que era normal, teniendo en cuenta cómo la había sacado de su vida en el pasado.

–¿Zuhal?

–¿Qué ocurre? –le preguntó él con un tono extraño–. ¿Estás bien?

–Sí, pero... –balbució ella.

–¿Es por los paparazis? –preguntó él.

–Veo que ya te han informado tus espías.

Zuhal, que estaba viajando en su lujoso avión, frunció el ceño.

–Por supuesto que sí. ¿Para qué piensas que les pago, Jazz? Cuidan de mi hijo y es su obligación contarme qué ocurre en su vida y si alguien intenta hacerle fotografías en el parque.

Zuhal maldijo en silencio la distancia que había entre ellos y que Jasmine no quisiera que Darius viviese en su país, donde nadie osaría molestar al joven príncipe. Entonces se dio cuenta de que Jasmine lo había llamado y pensó que aquello era nuevo. Sintió miedo.

–¿Ha ocurrido algo más? –inquirió–. ¿Darius está bien?

–Darius está bien, pero yo…

La oyó tragar saliva a través del teléfono, se dio cuenta de que le estaba costando mucho esfuerzo hablar.

–He recibido una llamada telefónica de una periodista.

–¿Y qué quería?

–Preguntarme si era la madre de Darius. Si…

–¿Si qué, Jazz?

–Si tenía planeado casarme contigo.

Zuhal cerró los ojos y se quedó en silencio.

–¿Zuhal? ¿Sigues ahí?

–Sí, no te preocupes, que no tardaré en estar contigo.

–¿Conmigo? –repitió ella en tono confundido–. Me dijiste que tenías que volver a Razrastán.

–Y volví, pero al enterarme del incidente del parque, pedí que prepararan mi avión. Estoy de camino a Londres.

–¿De camino a Londres? –volvió a repetir ella–. ¿Se puede saber para qué?

–No voy a discutir contigo ahora, Jazz –replicó él–. Nunca me ha gustado el teléfono como medio de comunicación.

–Será ese el motivo por el que no lo has utilizado en el pasado –comentó ella en tono mordaz.

Zuhal frunció el ceño, pero decidió no replicar. Sobre todo, no quería hablar de su pasado. Lo importante en esos momentos era pensar en el futuro.

–Llegaré dentro de unas tres horas –informó a Jasmine antes de colgar.

Jasmine no fue capaz de hacer nada mientras esperaba la llegada de Zuhal. Él no se molestó en llamar al timbre, entró sin más en el ático, en una cruel parodia del marido que llegaba a casa después de trabajar.

Jasmine tardó un momento en reconocerlo porque iba vestido de manera tradicional y solo lo había visto vestido así en fotografías, nunca al natural, pero el corazón se le encogió en el pecho al seguir su poderosa presencia. Llevaba en la cabeza una *kuffiya* blanca sujeta por un cordón escarlata. Su aspecto era más autocrático que nunca y la túnica, en vez de ocultar su fuerte cuerpo, lo realzaba.

La miró de manera indescifrable mientras entraba en el salón y Jasmine se dio cuenta de que había una nueva tensión en él.

–¿Esto es lo que querías desde el principio? –inquirió Zuhal.

Aquello la confundió.

–¿De qué estás hablando?

–Estoy hablando del repentino interés de la prensa.

–¿Y se supone que lo he provocado yo? ¿Es eso lo que estás insinuando?

Zuhal se encogió de hombros.

–Tú fuiste la que quisiste dar un paseo por el parque ayer, ¿recuerdas?

–¡Solo porque me sentía encerrada, aquí contigo!

–¿Lo planeaste para que nos encontrásemos con la tal Carrie? Porque es evidente que ha sido ella la que ha avisado a la prensa.

–¿Cómo iba a hacer algo así, si ni siquiera sabía que ibas a venir conmigo?

Zuhal levantó la mano en un gesto condenatorio.

–Pudiste llamarla mientras fuiste a ponerte el sombrero.

–¡Pues no es así! –replicó ella–. No me puedo creer que me creas capaz de algo semejante, de poner en riesgo a mi hijo. ¿Cómo te atreves?

A Zuhal le sorprendió tanto que se mostrase tan enfadada que bajó la mano y se dio cuenta de que solo deseaba besarla. Deseaba tomarla entre sus brazos, desnudarla y conseguir que ambos se calmasen. Frunció el ceño porque supo que no era el momento de distraerse pensando en el sexo, por mucho que desease volver a estar dentro de ella. La situación se le estaba yendo de las manos y tenía que volver a controlarla. Para ello, iba a utilizar el método más eficaz que tenía a su alcance.

Iba a tener que hacer lo que debía haber hecho nada más enterarse de la existencia de su hijo.

–Tendrás que venir a Razrastán conmigo –le dijo a Jazz.

–¿Qué has dicho?

Él hizo una mueca.

–Me parece que he sido muy claro.

–¿Que has sido muy claro? –repitió ella–. ¡Pues no estoy de acuerdo! ¿No ibas a tenerme aquí, con tu heredero en caso de no tener otro heredero, mientras ibas en busca de una esposa?

–Sí, pero la prensa ha descubierto la existencia de mi hijo. La noticia todavía no ha llegado a los periódicos porque mis abogados se están ocupando del tema, pero llegará porque los tribunales decidirán que es de interés público. En cualquier caso, es imposible mantener en secreto algo así. Por eso, lo mejor sería que vivierais en la seguridad de mi país.

Ella negó con la cabeza.

–No puedo hacer eso, Zuhal –susurró.

El cuerpo de Zuhal se puso tenso bajo la túnica de seda. ¿Cómo podía rechazar Jasmine semejante ofrecimiento? Era una mujer llena de contradicciones que no dejaba de sorprenderlo. Y el hecho de que estuviese tan decidida a mantener las distancias con él hacía que su interés aumentase todavía más.

No obstante, recordó el momento en el que la había tocado en el parque y cómo había cambiado su expresión, la pasión de sus ojos verdes. Se preguntó si, de no haberse encontrado con aquella mujer, Carrie, habría tomado entre sus brazos a Jasmine y la habría besado, si la habría llevado de vuelta a casa y se habrían pasado el resto del día en la cama. En esos momentos, Jasmine lo estaba mirando con firmeza y frialdad. ¿Qué debía hacer? Al fin y al cabo, no se la podía llevar a rastras a Razrastán, por mucho que le tentase la idea.

–Debes darte cuenta de que, ahora que he descubierto la existencia de mi hijo, nada volverá a ser igual, Jazz.

–No descubriste su existencia, te enteraste de ella por casualidad –replicó ella.

–Defínelo como quieras –le dijo él–, eso no cambia nada. Eres la madre del hijo del jeque y no podéis quedaros en Londres. Tú no tienes experiencia con la prensa, pero yo sí. No te dejarán espacio hasta que no les des lo que quieren: una historia.

Jasmine echó la cabeza hacia atrás y sus miradas se cruzaron.

–¿De verdad me crees capaz de vender una historia a la prensa?

–No, lo cierto es que no, pero no van a parar y los rumores no van a hacer más que aumentar.

–¿Los rumores? –le preguntó ella–. ¿O la verdad?

–No podemos negar que tenemos un hijo –le dijo Zuhal–. Solo tengo que encontrar la manera de presentárselo a mi pueblo y no podré hacerlo si estoy constantemente preocupado porque te asedian a ti.

Ella bajó la cabeza.

–Ven conmigo a Razrastán, Jazz –insistió Zuhal–. Al menos allí tendremos la tranquilidad necesaria para pensar en el futuro.

Jasmine se giró y se humedeció los labios resecos con la lengua. Sopesó sus palabras con el corazón acelerado. Zuhal no le estaba prometiendo nada, en especial, ningún vínculo emocional. Hablaba como si se estuviese refiriendo a una planta que quisiese trasplantar, pero sin la seguridad de que fuese a sobrevivir en otro lugar. Lo que Zuhal quería era llevarla a su palacio y a su país, donde el que llevaba la batuta era él. Ella, por su parte, no tendría ningún poder allí. Y lo que sentía por él complicaba la situación todavía más. Porque aún lo deseaba, y no era solo atracción física. Deseaba algo que jamás podría tener y sabía que en el desierto se sentiría todavía más vulnerable.

Pero ¿qué alternativa tenía? ¿Quedarse allí y jugar al gato y al ratón con la prensa? ¿Continuar viviendo obsesionada con la idea de que Zuhal estaba buscando a la mujer apropiada para casarse?

¿Cambiaría algo si se mudaba al palacio real?

Se mordió el labio inferior.

Lo más probable era que no cambiase nada, pero tenía que intentarlo por el bien de su hijo.

–Está bien –accedió–. Llevaré a Darius a Razrastán y allí consideraremos todas las opciones.

Zuhal asintió, pero no tuvo sensación de triunfo ni de satisfacción por haber ganado aquella batalla de una guerra que se le antojaba difícil. Se preguntó si iba a tener que casarse con Jazz para conseguir que ella satisficiese sus deseos.

Apretó los labios. No se había imaginado jamás casándose con una mujer así y no sabía si su pueblo la aceptaría, pero Razrastán necesitaba un heredero tanto como un rey.

Su país no lo había necesitado hasta entonces, pero, en esos momentos, lo necesitaba.

# Capítulo 7

ZUHAL entró en el espléndido salón con la aprensión de lo que tenía por delante. Hacía cuarenta y ocho horas que había llegado al palacio acompañado de una mujer inglesa y rubia y de su hijo. Un hijo que, sin duda, también era suyo, aunque nadie se había atrevido a comentarlo en su presencia. No obstante, todo el mundo los miraba con interés y él había sabido que, antes o después, tendría que dar explicaciones.

Eso era lo que había hecho esa mañana nada más reunirse con sus consejeros más próximos, dar una explicación. Y la reunión había concluido con una decisión.

A Zuhal se le cerró la garganta al pensar en su hijo. Si le había costado digerir la noticia de que iba a convertirse en el rey de su país, la de que había sido padre era todavía más difícil de procesar.

Apretó la mandíbula. Durante el viaje en avión se había dedicado a observar a Darius mientras Jasmine dormía y no había podido evitar sentirse orgulloso. Tenía un heredero y no iba a permitir que Jazz se lo llevase del país.

Oyó pasos y levantó la vista. Vio el brillo de su

pelo por el pasillo y se excitó al instante. La inspeccionó de arriba abajo y se sintió satisfecho al verla vestida con aquella túnica. Su imagen, como futura reina del desierto, era perfecta. Sorprendentemente, no se había opuesto a ponerse la ropa que él había insistido en proporcionarle, tal vez se había dado cuenta de la necesidad de tener el aspecto de la futura reina. Todavía en Londres, le habían dado sus medidas a un experto costurero razrastaní y cuando Jasmine había llegado a Dhamar, la capital del país, ya la estaba esperando toda una colección de vestidos. Sorprendentemente, también había accedido a utilizar la ropa que le habían dado para el príncipe. De hecho, lo único que Jasmine había llevado de Inglaterra era un monitor para vigilar al bebé que había insistido en instalar nada más llegar y un mono de peluche.

–Hola, Jazz –la saludó, empapándose de ella como un hombre sediento después de todo un día en el desierto.

Llevaba puesta una túnica de seda del color de la pulpa madura del mango, que realzaba las motas doradas de sus ojos verdes. La curva de sus pechos se marcaba a través de la fina tela y Zuhal recordó cómo se los había acariciado con las yemas de los dedos, haciendo círculos, antes de metérselos en la boca. Sintió deseo y tuvo que hacer un gran esfuerzo para apartar la mirada de su cuerpo y clavarla en sus ojos.

–¿Ya te has instalado? ¿Todo bien? –le preguntó en tono amable–. Espero que tus aposentos sean de tu agrado.

Ella sonrió.

–Sabes que sí. Es un lugar increíble. Nunca había visto algo así, ni siquiera cuando trabajaba en el Granchester.

A Zuhal no le gustó que Jasmine comparase su palacio real con un hotel, pero no se lo dijo. Ella no tardaría en aprender que había temas de conversación que no eran aceptables, pero aquel no era el momento de darle clases de diplomacia. Inclinó la cabeza.

–Me alegro –le dijo–. Ahora, vamos a cenar. Confío en que tengas apetito esta noche, Jazz, porque me han informado de que has estado comiendo muy poco desde que llegamos.

Ella arqueó las cejas.

–¿Significa eso que continúan espiándome, a pesar de que vivimos en un palacio, prácticamente sin ningún contacto con el mundo exterior?

Él le hizo un gesto para que se acercase a la mesa que había junto al ventanal que daba a la rosaleda. La mesa estaba cubierta de bandejas de oro llenas de frutas, deliciosos platos y decantadores con zumos frescos. Dado que había renunciado a que los sirvieran, Zuhal se encontró en la extraña situación de tener que ser él quien sirviese la comida y la bebida, y Jasmine parecía completamente ajena al honor que le estaban concediendo.

–Gracias –le dijo ella, sentándose en una de las sillas antes de aceptar la copa de zumo de granada que Zuhal le estaba ofreciendo–. Umm… delicioso.

Él se sentó enfrente y sirvió un plato de berenjenas para Jasmine.

–¿Cómo se está adaptando Darius? –le preguntó.

–Mejor de lo que yo esperaba –admitió ella, levantando el tenedor–. Ni siquiera el cambio de temperatura y la diferencia horaria parecen haberlo perturbado. Lo he bañado y le he leído un cuento y se ha quedado dormido. Y no se despertará hasta mañana por la mañana.

–¿Cómo puedes estar tan segura?

–Porque es su rutina –respondió ella, mirándolo un instante, como preguntándose si el interés de Zuhal era real–. Es una rutina que he establecido yo para poder tener así más tiempo para coser. Solo se sale de ella cuando tiene fiebre. En ese caso, se pasa despierto toda la noche.

–¿Y qué ocurre entonces? –volvió a preguntar Zuhal con curiosidad.

–Es un horror –admitió Jasmine–. Se pasa toda la noche llorando y es una noche… muy larga.

–Seguro que sí.

Entonces, Zuhal se dio cuenta de lo sola que había estado Jasmine y de que, a pesar de que Darius era un niño muy bueno, ella no había tenido a quién acudir y había tenido que hacerlo todo sola. De repente, se sintió culpable y deseó cuidar de ella. Quiso que volviese a ser la Jazz que él había conocido y no aquella versión más pálida, cansada y preocupada. Con aquello en mente, la animó a comer y a tomarse una copa del famoso vino dulce que hacían en su país, y se alegró de ver que empezaba a relajarse.

–¿Hay algo más que puedas necesitar? –le preguntó en tono solícito–. ¿Algo que mis empleados te puedan proporcionar?

Jasmine intentó concentrarse en la pregunta de Zuhal, pero no le resultó sencillo. Solo podía pensar en lo frustrada que se sentía teniéndolo tan cerca y sin poder tocarlo. Y, a pesar de saber que era lo más sensato, tenía que admitir que no era lo que quería su cuerpo.

No conseguía apartar la vista de su rostro aceitunado ni podía dejar de desear quitarle aquella túnica de color crema y hundir los dedos en su grueso pelo moreno. Notó que se le endurecían los pechos y se humedecía su sexo mientras lo recorría con la mirada. De repente, pensó que llevaba demasiado tiempo sola. Para ser precisos, más de dieciocho meses, y tener tan cerca al padre de su hijo le hacía recordar que era una mujer joven y sana, con necesidades físicas.

Deseó tocarlo, como cuando lo había hecho en su casa, cuando él la había besado apasionadamente. O, tal vez, todavía más, porque estar con él le recordaba lo mucho que le había gustado siempre. Y no era su estatus ni el hecho de que fuese uno de los hombres más ricos del mundo lo que hacía que se le acelerase el corazón. Para ella era el hombre que había despertado su sexualidad, el único hombre al que se había entregado en cuerpo y alma, y una mujer jamás olvidaba algo así.

Era el hombre que la había besado en el vientre antes de acariciarla con la lengua entre los muslos y que la había llevado al orgasmo así. La primera vez que había hecho aquello, Jasmine se había puesto muy nerviosa, pero Zuhal le había enseñado que el sexo era un regalo del que había que disfrutar y que no podía haber barreras entre los amantes.

Pero Jasmine no había pensado en todo aquello al acceder a acompañarlo a Razrastán. Solo había pensado en su hijo. Había pensado que no podía privar a Darius de tener una figura paterna en su vida, pero en esos momentos sentía miedo de haber caído en una especie de trampa. Nada más entrar en el palacio había sentido que sus lujosas paredes la aprisionaban. Había mirado a su alrededor y se había sentido aturdida con la idea de que Zuhal pudiese ser dueño de todo lo que la rodeaba.

De todo, menos de ella. Eso era lo que tenía que recordar.

Zuhal los había llevado a su país para librarlos de la prensa y para idear un plan de futuro. Le había dejado claro desde el principio que no podía casarse con una mujer como ella, aunque Jasmine tampoco quería casarse con un hombre tan frío y cruel como él. En cualquier caso, pensó que no podría quedarse allí de manera indefinida.

Jasmine suspiró. Tenía que hacer un esfuerzo. Tenía que llevarse bien con el padre de su hijo, hubiese lo que hubiese entre ambos.

–No necesitamos nada –le dijo–. Nuestras habitaciones no podrían ser más cómodas y las vistas a los jardines del palacio son maravillosas. No tenía ni idea de que pudiese haber tantas flores a pesar del calor.

–Por suerte, tenemos agua –comentó él en tono irónico–. ¿Y qué te parecen las niñeras que van a asistir a Rania? Espero que también cuenten con tu aprobación, Jazz.

Ella dudó, pero se dio cuenta de que, una vez más, era preferible negociar a discutir.

–No tengo ninguna queja. Parecen muy... competentes.

–Lo son –le respondió él–. Al igual que Rania, muchas son hijas de las mujeres que cuidaron de Kamal y de mí cuando éramos niños.

Jasmine asintió. Las palabras de Zuhal le recordaron que su infancia había sido muy distinta de la de ella, la de un joven príncipe rodeado de sirvientes. Se dio cuenta de que casi no había mencionado a su madre.

–Precisamente, quería hablarte de eso –empezó–. No es necesario que haya una persona en la habitación de Darius mientras duerme. Estoy segura de que entre Rania y yo nos podemos ocupar de él.

–Eso no es suficiente, yo quiero algo más para mi hijo –argumentó él–. Darius será rey algún día y tiene que acostumbrarse a tener sirvientes.

–No hables así –lo reprendió Jasmine, olvidándose de la cautela–. Tal vez quiera dedicarse a otra cosa en la vida, o desee vivir en Inglaterra cuando sea mayor.

Zuhal negó con la cabeza.

–No. Será el rey de Razrastán.

–¿Y cómo va a ser eso posible? –le preguntó ella directamente.

Él esbozó una enigmática sonrisa.

–Ya conoces la respuesta, Jazz –le contestó–. Para que Darius sea mi heredero legítimo tú tienes que convertirte en mi esposa.

Se hizo un tenso silencio en la habitación mientras Jasmine lo miraba con incredulidad.

–¿Convertirme en tu esposa? –repitió en voz baja.

–Supongo que la idea no te sorprende tanto. He hablado con mis asesores y con el gobierno esta misma mañana. Piensan que mi pueblo te aceptará porque eres la madre de mi hijo. Y, si se trata el asunto con delicadeza, no hay ningún motivo para que no nos casemos. De hecho, han llegado a la conclusión de que nuestro matrimonio es la única solución a este dilema.

–¿Dilema? –repitió ella enfadada–. ¿Así es como me ves?

–Por favor, no des demasiada importancia a las palabras que utilizo y piensa más bien en su significado, Jazz –continuó Zuhal–. Te estoy pidiendo que te cases conmigo. Yo, el jeque de Razrastán, te estoy pidiendo a ti, una plebeya inglesa, que seas mi esposa. ¿No te das cuenta de que es todo un honor?

Jasmine negó con la cabeza, para ella no era ningún honor, sino…

Zuhal se veía obligado a hacer algo que no quería hacer. Estaba acorralado y no tenía otra salida. Aquella era la verdad. Porque no la amaba ni la amaría jamás. Así que ¿qué posibilidades había de que su matrimonio saliese bien? Jasmine pensó en sus padres, en la reacción de su madre cuando su relación había empezado a estropearse y en cómo había intentado aferrarse a ella desesperadamente. «Yo no quiero ser como mi madre», pensó de repente. Ni quería que el poder de un jeque la hiciese a ella más pequeña como persona solo porque él quisiese que Darius fuese su hijo legítimo.

–Es demasiado pronto para hablar de matrimonio –le dijo, levantándose de la mesa para no quedarse bajo la mirada atónita de Zuhal.

Se dirigió con paso decidido a una de las ventanas, clavó la vista en el cielo añil y pensó en lo lejos que parecían estar las estrellas.

–Demasiado pronto.

–Tu actitud me resulta bastante insultante, Jazz –admitió él.

Jasmine oyó que se levantaba y se acercaba a ella.

–¿No te das cuenta de que la mayoría de las mujeres estarían deseando convertirse en mi reina?

Lo tenía al lado, tan cerca que casi se estaban tocando. Jasmine podía sentir el calor de su cuerpo y su presencia era tan potente que casi no podía respirar.

–¡Tal vez no te conozcan tan bien como yo!

Se giró hacia él y vio indignación en su mirada.

–Perdona que difiera de eso –murmuró Zuhal–, aunque pienso que actuar con un poco de imprudencia nos favorecería en este caso.

Ella vislumbró algo familiar en sus ojos, lo mismo

que la repentina tensión que se había adueñado de todo su cuerpo. De repente, Jasmine se encontró entre sus brazos y vio cómo el jeque se inclinaba sobre ella para besarla. Ella le devolvió el beso y se sintió embriagada por la sensación. Era como si se estuviese cayendo. O ahogando. Se estaban ahogando en una dulce y cálida ola de deseo.

La última vez que Zuhal la había besado ella se había contenido por muchas razones, la principal, que le estaba ocultando la existencia de su hijo. En esos momentos no tenía nada que esconder. «Nada». Se sentía desnuda a pesar de llevar una vaporosa túnica. Sintió la erección de Zuhal e, instintivamente, separó las piernas como si quisiera acomodarla allí. Lo oyó reírse y notó que la abrazaba con más fuerza.

Y ella lo abrazó también porque aquello… aquello era lo que quería.

En aquel momento.

En aquel lugar.

De aquella manera.

Se olvidó de todo lo que la rodeaba y solo pudo disfrutar de la increíble sensación que le causaba Zuhal mientras pasaba un dedo por su espalda. Era una caricia que parecía casi inocente, pero no podía serlo porque a Jasmine se le habían endurecido los pechos y los sentía a punto de explotar. Él volvió a reírse y le levantó la barbilla para poder mirarla a los ojos.

–Oh, Jazz –le dijo en voz baja–. Me deseas, ¿verdad? Me deseas mucho, como siempre lo has hecho.

Ella estuvo tentada de negarlo, pero ¿cómo negar algo que era verdad? ¿Cómo negarlo si soñaba y fantaseaba con aquello en sus momentos de debilidad? Asintió levemente casi sin darse cuenta y el jeque rugió de placer antes de inclinar la cabeza para volver a besarla.

# Capítulo 8

SUS MANOS ávidas le recorrieron los pechos, el trasero y el vientre mientras ella se derretía de deseo. Los dedos de Zuhal se movían con urgencia, como si quisiese recorrer cada centímetro de su temblorosa piel. Jasmine se aferró a sus hombros para sujetarse mientras él se pegaba a su cuerpo, haciéndola temblar todavía más.

–Zuhal –murmuró.

Y el calor de su aliento se mezcló con el de él.

Zuhal no respondió. No lo hizo al principio. Su única respuesta fue profundizar el beso y explorar su boca con la lengua. Con el corazón a punto de salírsele del pecho, Jasmine tiró de la *kuffiya* que Zuhal llevaba en la cabeza con impaciencia. Esta cayó sobre el suelo de mármol y Zuhal se quedó con la cabeza descubierta, como ella lo conocía, como en los viejos tiempos. Exultante, Jasmine hundió los dedos en su pelo y después los metió por debajo del cuello de la túnica, haciéndolo murmurar con apreciación. Entonces le acarició los poderosos bíceps y sintió que él se ponía todavía más tenso.

Jasmine cerró los ojos al notar la presión de su

erección en el vientre y, de repente, fue consciente de todo lo que había ocurrido desde la última vez que habían hecho el amor. Su cuerpo había hecho algunas cosas increíbles desde entonces. Había crecido y había albergado a un bebé, lo había traído al mundo. Y todo aquello le seguía pareciendo sorprendente y maravilloso. Pero aquello era diferente. Era deseo, deseo sexual. Una necesidad primitiva y salvaje que la consumía, que la estaba carcomiendo por dentro y estaba encendiendo un anhelo tan fuerte que hacía que casi no pudiese mantenerse de pie.

¿Se había dado cuenta Zuhal? ¿Fue ese el motivo por el que se apartó y la miró fijamente con los ojos brillantes antes de tomarla en brazos?

Zuhal avanzó por los suelos de mármol, hacia la puerta, mientras su túnica fluía cual seda líquida al andar.

–¿Adónde vamos? –le preguntó ella.

Él señaló con la cabeza hacia el otro lado del pasillo.

–A un lugar en el que podamos estar cómodos.

Ella lo miró a los ojos negros.

–¿A qué lugar?

–A mi dormitorio –le aclaró él, vacilante–. Se comunica con tus habitaciones a través de este pasadizo, que nadie más que el rey puede utilizar, aunque a ti te doy permiso para que lo utilices siempre que quieras, Jazz.

Llegaron a una habitación magnífica, mucho mejor que la de ella, pero Jasmine, por una vez, no se sintió intimidada ni por el tamaño ni por el esplendor. Los muebles eran exquisitos y había varias estatuas, pero ella solo podía ver la enorme cama hacia la que se estaba dirigiendo Zuhal.

Lo vio apartar con impaciencia varias almohadas antes de tumbarla en ella mientras la devoraba con la mirada. Jasmine dejó las manos por encima de la cabeza y las piernas separadas debajo de la túnica. Y se sintió como si fuesen a sacrificarla ante los dioses, pero al ver la expresión del rostro de Zuhal supo que no se iba a poder resistir a él.

–Oh, Jazz –gimió él, tumbándose a su lado y besándola en el cuello mientras sus expertas manos le subían el vestido–. Estás preciosa.

–¿Sí?

–Sí. ¿Sabes cuánto te deseo?

–Yo... –empezó ella, cerrando los ojos mientras Zuhal seguía besándola–. Creo que puedo hacerme una idea.

–Pues el doble de lo que te imaginas –le dijo él–. O, mejor, el triple.

A Jasmine le encantó oír aquello, hizo que se le acelerase todavía más el corazón. Recordó la primera vez que Zuhal la había llevado a la cama y lo feliz que se había sentido entonces. Recordó cómo había llorado mientras él se llevaba su virginidad, y cómo había secado Zuhal sus lágrimas, casi con ternura.

Y a pesar de que su vocecita interior le estaba diciendo que aquello era diferente, que tuviese cuidado, Jasmine se negó a escucharla. ¿Cómo iba a tener cuidado mientras sentía las manos de Zuhal en los pechos? ¿Cómo podía tener cuidado mientras la acariciaba entre los muslos? Sintió que se derretía por dentro y cerró los ojos un instante, después, los volvió a abrir.

–Zuhal –le dijo con voz débil.

–¿Te gusta? –le preguntó él.

–Ya... ya sabes que sí –consiguió responderle ella con dificultad.

Porque Zuhal había llegado a su delicada ropa interior y estaba pasando un dedo por ella.

Jasmine tragó saliva. ¿Cómo había podido olvidar que su cuerpo podía sentirse así?

–¿Y esto? –volvió a preguntarle él.

–Sí –gimió Jasmine–. Sí.

–¿Cuánto te gusta? –le preguntó él en voz baja.

–Mucho.

–Entonces, vamos a ver si podemos hacer algo que te guste todavía más, ¿de acuerdo? ¿Se te ocurre algo, Jazz?

–Te... te lo dejo a ti –balbució ella–. Siempre se te ocurrían a ti todas las ideas.

Él apartó la prenda húmeda y empezó a pasar el dedo por su piel. Jasmine se estremeció y se dio cuenta de que ya estaba muy cerca del orgasmo y que, si Zuhal seguía acariciándola así, sucumbiría muy pronto. ¿Acaso no era aquello lo que quería? ¿No era lo único que quería? Aliviarse rápidamente sin poner en peligro su corazón. Levantó las caderas y se retorció, invitando a Zuhal a continuar, pero él le dijo al oído:

–No. Así, no. No la primera vez. Quiero estar dentro de ti, Jazz. Muy dentro de ti. Ese es mi lugar.

Sus eróticas palabras la sacudieron. Deseó ella también tenerlo dentro, pero mientras separaba las piernas para recibirlo, su vocecita interior le volvió a advertir que tuviese cuidado, que aquella no era la primera vez, ni mucho menos. Habían pasado casi dos años desde su primera vez, desde que Zuhal la había desflorado, cosa que lo había tomado por sorpresa. Ya no era la muchacha virgen y divorciada a la que Zuhal había iniciado en el sexo. Tampoco era inocente ni idealista y sabía que no se podía creer las palabras de un hombre mientras él estaba teniendo un orgasmo en su interior. En esos momentos, además de la satisfacción física, Zuhal deseaba algo más: a su hijo. Jasmine se preguntó de qué se trataba todo aquello. ¿Querría Zuhal seducirla hasta que consiguiese la manera de quitarle lo que pensaba que era suyo?

¿Pensaba que, si Jasmine se acostaba con él, después accedería al matrimonio?

Porque ese era el problema que Jasmine había tenido hasta entonces, que se había dejado llevar por la pasión y había sido incapaz de pensar con claridad. ¿Era ese el motivo por el que había aceptado en el pasado el papel de amante secreta? Tal vez todo fuese culpa del sexo, pero Jasmine necesitaba ser fuerte y sensata. Por el bien de su hijo y por el suyo propio.

Se le nubló la mente cuando Zuhal metió un dedo

debajo de sus braguitas y supo que, si no lo detenía pronto, ya no podría tomar una decisión racional.

Le apartó la mano y consiguió levantarse de la cama, en la que Zuhal seguía tumbado con la ropa arrugada, con el rostro enrojecido y los ojos brillantes.

–¿Ha sido algo que he dicho? –preguntó él en tono de broma.

Ella se llevó las manos al pecho e intentó recuperar la respiración.

–¡Esto… no tenía que pasar!

–¿No? –dijo él, arqueando las cejas–. ¿Y qué pensabas que iba a pasar cuando te trajese aquí, Jazz? ¿Pensabas que íbamos a hablar de política, o que iba a empezar a relatarte la historia de Razrastán?

Ella se dio cuenta de que, a pesar de que parecía sereno y en control, era evidente que estaba enfadado. Y tenía motivos.

–Lo siento –se disculpó, sacudiendo la cabeza–. No he pensado en nada.

Hubo una pausa en la que Zuhal la miró fijamente a los ojos.

–¿Por qué no quieres tener sexo conmigo, Jazz?

Ella sintió que le ardían las mejillas. No tenía que haber permitido que Zuhal la llevase allí, no tenía que haberse metido en una situación que no era capaz de manejar. Porque la verdad era que quería volver con él a la cama y sentirlo dentro.

Pero no iba a olvidarse de quién era por unos momentos de placer. Él le había pedido en matrimonio, pero Jasmine seguía sin saber qué le iba a contestar. Porque solo podría contestarle que sí si se sentía lo suficientemente fuerte como para soportar una relación sin amor. Lo último que necesitaba era que el deseo la cegase.

–Porque el sexo solo complicaría las cosas. Seguro que en eso estás de acuerdo conmigo.

–¿Me estás diciendo que no quieres que tengamos relaciones íntimas? –le preguntó él en voz baja.

Ella intentó responder con sinceridad.

–Te mentiría si te dijese que no quiero, pero... ahora mismo no me siento preparada para ello.

–Tal vez deberías pensar en eso antes de volver a mirarme con ojos de gacela –comentó Zuhal.

Ella asintió.

–Ambos somos responsables de lo que acaba de ocurrir. Nos hemos dejado llevar.

–Y bastante.

Jasmine intentó poner más espacio entre ambos cruzando la habitación y colocándose junto a una estatua de mármol de una criatura alada que era mitad halcón, mitad cabra, y después se giró hacia él, que seguía tentándola. Jasmine sospechó que nunca dejaría de hacerlo.

–Intentaré ser más prudente en un futuro –le dijo.

Hubo un silencio.

–¿Aunque eso implique resistirte a tus propios deseos?

Ella lo miró fijamente y se preguntó si podía explicarle el motivo por el que debía comportarse con cautela sin mostrarse demasiado vulnerable.

–Estoy aquí, en tu lujoso palacio, y lo único que tengo es mi integridad –le dijo–. No podré pensar con claridad si volvemos a acostarnos juntos. Me temo que el deseo me nublará el juicio y no puedo permitirme que eso ocurra.

–Eso son palabras belicosas, Jazz –observó él.

–No pretendo que lo sean. No quiero discutir contigo, Zuhal.

Jasmine respiró hondo y rogó por ser capaz de mantenerse firme. Rogó por no volver a ser la Jasmine dócil que se había conformado con las migajas del cariño del poderoso jeque.

–Ya no somos dos amantes incapaces de apartar las manos el uno del otro. Somos padres. Vamos a estar unidos durante el resto de nuestras vidas a través de nuestro hijo. Ya nos precipitamos una vez sin casi conocernos. En esta ocasión, pienso que deberíamos tomarnos las cosas con más calma, para decidir si vamos a poder conseguir o no que el matrimonio funcione.

–¿Y se supone que debo admirarte por resistirte a mí? –le preguntó él–. ¿Forma eso parte de un juego con el que pretendes ponerme las cosas más difíciles?

–Te aseguro que no es ningún juego, Zuhal. Esto es demasiado importante como para jugar. Tengo que creer que somos realmente compatibles antes de acceder a convertirme en tu esposa, si no, va a ser un desastre.

Zuhal sacudió la cabeza con incredulidad, no se

podía creer que Jazz lo estuviese rechazando. Una mujer que había estado dispuesta a aprender todo lo que él le pudiese enseñar, que había sido la más deliciosa de todas sus amantes. ¿No estaría reclamando lo que pedían siempre las mujeres, palabras de amor? Porque eso no se lo podía dar. Si lo que Jasmine quería eran violines y rayos de luna, se iba a llevar una decepción.

La estudió con la mirada, se le había soltado el pelo mientras se revolcaban por la cama y caía alrededor de su rostro como una cortina de seda dorada. Parecía un ángel, con aquellas pestañas tan largas enmarcando sus ojos verdes. La vio alisarse el vestido e intentar recuperar la respiración y pensó que, por un instante, volvía a ser la Jasmine del pasado, joven, salvaje y apasionada, pero aquella Jasmine lo había rechazado como jamás lo habría hecho entonces.

Se sintió tentado de acercarse a ella e intentar hacer que cambiase de opinión. ¿Tendría la fortaleza necesaria para resistirse a él una segunda vez? Zuhal sospechaba que no y, por un instante, se imaginó dentro de ella mientras los llevaba a ambos al paraíso.

Pero no iba a hacerlo. Jasmine pronto se arrepentiría de haberlo rechazado y descubriría que él no tenía intención de perseguirla para que lo acompañase al altar. ¿De verdad pensaba que un hombre de su posición iba detrás de las mujeres? Zuhal esbozó una sonrisa.

Sería ella la que volviese a él.

–Entonces, ¿qué quieres exactamente de mí, Jazz? –le preguntó con toda naturalidad.

Era una pregunta que Jasmine jamás había pensado que le haría. Sabía lo que había querido cuando habían estado juntos antes, pero aceptaba que no lo iba a tener. Porque no podía pedirle a Zuhal que la amase cuando él no sabía lo que era el amor. Lo que sí podía hacer era conocer mejor al hombre que siempre había sido como un libro cerrado para ella.

–Como es evidente, quiero saber más de tu país y de tu cultura, Zuhal. Y también quiero saber más de ti.

–Pero acabas de rechazar un método que te garantizaría precisamente eso.

–La última vez que estuvimos juntos no conseguí averiguar mucho de ti, ¿no? Y tuvimos mucho sexo.

Él arqueó las cejas.

–Puedes echar un vistazo a las biografías oficiales –le respondió en tono frío–, que siempre han sido de dominio público. Las versiones autorizadas están en la biblioteca de palacio, tienes total libertad para leerlas.

Ella negó con la cabeza.

–No me refería a eso.

–¿No?

Zuhal la fulminó con la mirada y, tal vez, si no hubiese habido tanto en juego, Jasmine habría retrocedido ante aquella silenciosa advertencia, pero él le había pedido que se casasen y ella sentía que no podía casarse con un desconocido.

–Quiero oírlo de ti, Zuhal –le dijo–. De tus labios, no de los de otra persona.

El rostro del jeque se ensombreció de frustración, pero asintió.

–Muy bien –accedió por fin, inclinándose a recoger la *kuffiya* que ella le había quitado de la cabeza–. Habla con mi secretario.

–¿Con tu secretario? –repitió Jasmine, confundida.

–Por supuesto –contestó él, sonriendo triunfante–. ¿Cómo si no voy a tener el tiempo de atenderte? Ahora soy rey y estoy muy ocupado. Por cierto… tengo que dejarte.

Se miró el reloj.

–Tengo trabajo.

Aquello la sorprendió.

–¿Ahora?

Los ojos negros de Zuhal brillaron con intensidad.

–Siempre hay cosas que hacer, Jazz, sea la hora que sea. Y, dado que la velada no ha salido como yo esperaba, lo mejor que puedo hacer es aprovecharla. Te acompañaré a tus habitaciones y, si necesitas algo, no tienes más que llamar a los sirvientes.

Hizo un ademán para que lo precediese y con él marcó, además, quién mandaba allí.

Jasmine separó los labios para contestarle, pero los volvió a juntar. ¿Qué podía decirle? Lo había rechazado y la respuesta de Zuhal era que pidiese cita para verlo, ¡cómo si de un dentista se tratase!

Todo ello delante de aquella enorme cama que parecía burlarse de ella.

Echó a andar delante de él, oyendo el ruido de su túnica al moverse a sus espaldas. Y solo pudo pensar en lo perfecto que era su cuerpo y en cómo se había sentido al volver a estar entre sus brazos.

# Capítulo 9

TENDRÍA que haber sido un cuento de hadas. O eso le habría parecido a cualquier persona que lo hubiese visto desde fuera. Una madre soltera a la que sacaban de su humilde existencia para llevarla a un magnífico palacio en el que un apuesto jeque la convertía en su esposa.

A Jasmine se le hizo un nudo en la garganta. Aquello no era un cuento de hadas, era vivir en una jaula de oro.

Era cierto que había conocido a muchas personas, de la realeza y de la nobleza de países vecinos y también de Razrastán. Se había ataviado con preciosos vestidos, se había adornado con maravillosas joyas, y había charlado con el embajador de los Estados Unidos acerca de un posible viaje a conocer al presidente.

Esos eran los hechos.

Hechos irrefutables.

Pero había mucho más. Tal vez fuera la madre del hijo del jeque, tal vez pudiesen comportarse de manera educada y civilizada en público, pero en la intimidad casi no pasaban tiempo juntos desde que había rechazado a Zuhal y no habían vuelto a hablar del tema del matrimonio.

Jasmine había querido conocerlo mejor antes de comprometerse, pero era muy difícil pasar tiempo a solas con él en palacio. Todas las comidas eran formales y casi siempre tenían invitados. Los sirvientes iban sacando plato tras plato sin mirarla a los ojos. Daba la sensación de que no la veían. Jasmine sospechaba que no les parecía bien que hubiese una inglesa en su palacio, con un hijo ilegítimo a cuestas. Tal vez incluso se alegrasen de que, por el momento, el jeque no le hubiese dado un papel oficial.

Durante aquellos acontecimientos, Jasmine no tenía la oportunidad de hablar a solas con Zuhal porque él siempre se sentaba a la otra punta de la mesa. La distancia física era tal que Jasmine habría tenido que gritar para que la oyera. Tampoco habían pasado tiempo juntos con Darius. Al parecer, él iba a ver al niño cuando sabía que no estaba ella y Jasmine había empezado a preguntarse si lo que estaba haciendo era castigarla por haber rechazado su propuesta.

En ocasiones, Jasmine se despertaba muy temprano, cuando el niño seguía dormido y todo el palacio estaba en silencio. En una ocasión no había podido volver a dormirse y había ido a los establos, donde había visto a Zuhal desmontando de su caballo y, escondida entre las sombras, había observado cómo se quitaba la camisa. La perfección de su torso desnudo la había hipnotizado y había deseado acariciarlo, pasar la lengua por su pecho y disfrutar del sabor salado de su sudor antes de desabrocharle los pantalones y sentir su erección entre las piernas.

Había empezado a preguntarse si se había precipitado, si su actitud orgullosa había hecho que Zuhal se alejase. ¿Cómo iba a saber si eran compatibles si no estaban nunca a solas? Los días iban pasando y pronto llegaría la fecha en la que Zuhal se convertiría oficialmente en el rey de Razrastán. Y ella no había descartado por completo el matrimonio. Solo le había dicho a Zuhal que quería conocerlo mejor antes de comprometerse. Así que tal vez fuese el momento de entrar en acción en vez de quedarse dándole vueltas a la cabeza. Tal vez debería tomarle la palabra a Zuhal y pedir una cita para verlo, dado que era evidente que él no tenía intención de retroceder.

Así, una mañana soleada se dirigió a las oficinas de Zuhal, situadas en el ala suroeste de palacio y que daban a un patio lleno de árboles. En el centro tenía un estanque con peces de colores que daba sensación de paz. El interior era completamente diferente, un moderno hervidero de actividad que se escondía tras las antiguas puertas. Las secretarias golpeaban furiosamente las teclas de los ordenadores de última generación y había filas de relojes que indicaban distintas franjas horarias de todo el mundo. Le pidieron que esperase en una antesala antes de acompañarla al despacho del asistente de Zuhal, un hombre de gesto indescifrable vestido de manera tradicional que levantó la vista al oírla entrar.

–Señorita Jones –la saludó en tono amable, poniéndose en pie–. Me llamo Adham. Es un placer conocerla.

Jasmine reconoció su voz nada más oírla. Jamás

la olvidaría. Sintió un escalofrío. Era la voz del hombre que había evitado que le contase a Zuhal que estaba embarazada. ¿Por qué era su gesto tan hostil? Tal vez fuese el único que se atrevía a transmitirle lo que la mayoría del personal de palacio pensaba de ella. No obstante, Jasmine guardó la compostura y respondió:

–Espero no molestarlo.

–En absoluto, señorita Jones –respondió él, forzando una sonrisa–. ¿Qué puedo hacer por usted esta mañana?

A Jasmine se le aceleró el corazón. Había llegado el momento. Estaba allí para intentar profundizar su relación con el padre de su hijo y para considerar seriamente la posibilidad de convertirse en la reina de aquel país. Así que tal vez hubiese llegado el momento de empezar a comportarse como tal y de demostrarle a Adham que ya no era una incómoda amante de la que podía deshacerse sin más, sino que, le gustase o no, formaba parte de la vida de Zuhal.

Sonrió ampliamente, como había hecho cuando le había tocado tratar con clientes complicados en la boutique del Granchester y señaló hacia el exterior.

–Hace una mañana preciosa, ¿no cree? –comentó en tono educado.

–Sí. El tiempo en Razrastán es muy agradable en esta época del año –respondió Adham, arqueando ligeramente las cejas, como alentándola a soltar lo que había ido a decir.

Y eso fue lo que hizo Jasmine.

–Me gustaría ver al jeque, por favor.

–Me temo que eso no va a ser posible, señorita Jones. Su Alteza Real está ocupado en estos momentos. Estoy seguro de que será consciente de que, en un momento clave del futuro de su país, tiene muy poco tiempo libre –le respondió él en tono educado–. De hecho, en este preciso momento está al teléfono con el jeque de Marabán.

–Oh, no me refería a ahora –respondió ella enseguida–. Es evidente que está muy ocupado, soy consciente de ello. Solo me preguntaba si podría buscarme un hueco en su apretada agenda para que lo vea.

El asistente la miró con incredulidad.

–¿Un hueco?

–Sí. Zuhal me dijo que coordinásemos nuestras agendas para poder vernos.

–Su Alteza Real no me ha comentado nada.

–Zuhal siempre pasa por usted para todo, ¿verdad, Adham? –le preguntó ella en tono inocente.

Era la primera vez que Jasmine abusaba de su autoridad en toda su vida, no había tenido autoridad de la que abusar en el pasado, y, para su sorpresa, funcionó. Muy a su pesar, el asistente sacó una agenda con tapas de cuero y la estudió antes de volver a mirarla.

–Muy bien, creo que puedo hacerle un hueco, si puede ser flexible. ¿Qué le parece mañana a las diez? Su Alteza Real tiene treinta minutos libres, que podría dedicarle después de su paseo a caballo.

«¡Treinta minutos!» Ni siquiera podía pasar una

hora a solas con el hombre que le había pedido en matrimonio. Y justo a la hora a la que ella solía jugar con Darius después del desayuno.

–Perfecto –respondió en tono alegre.

El asistente consultó una especie de tabla que tenía delante.

–Vaya a esa hora a la sala Damasco, Su Alteza Real se reunirá con usted allí.

Jasmine asintió.

–Gracias, Adham.

A pesar de la respuesta poco entusiasta del hombre, Jasmine volvió contenta a sus habitaciones, donde Darius la estaba esperando con Rania. El niño sonrió cuando lo tomó en brazos y ella se preguntó cómo podía hacer para aprovechar al máximo el tiempo que iba a pasar con Zuhal al día siguiente.

Se preguntó si se estaba mostrando desesperada, pero se dijo que no, que solo estaba siendo madura y sensata. Estaba aceptando que Zuhal no era un hombre cualquiera. Darius la abrazó por el cuello y ella cerró los ojos y disfrutó de la sensación. Zuhal pronto se convertiría en rey y ella debía hacer ciertas concesiones.

Pero esa noche, durante el cóctel que precedió a la cena con un grupo de diplomáticos argentinos que estaban de visita, Jasmine se dio cuenta de que Zuhal la miraba más que de costumbre y, si bien no pudo descifrar su expresión, notó que se le aceleraba el corazón.

Había decidido comportarse durante aquellos actos como en la boutique del hotel, intentando que todo el mundo se sintiese cómodo, lo que hacía que, para ella, las veladas fuesen soportables. No obstante, aquella noche tuvo la sensación de que era diferente. Tal vez fuese ella la que se sentía de otro modo. Había roto la situación de bloqueo y, a partir del día siguiente, empezaría a saber más del jeque que la observaba con los párpados a media asta. Deseó que no la mirase así en público, que no hiciese que se le cortase la respiración.

Zuhal abandonó la recepción a la misma hora de siempre, pero, aquella noche, en vez de volver a su habitación, insistió en acompañarla a la de Darius, en la que se quedó mientras ella comprobaba que el niño estaba bien. Después, Jasmine cerró la puerta y se giró hacia él. Se dio cuenta de que era la primera vez en mucho tiempo que estaban completamente solos. Tragó saliva. Su masculino olor a sándalo la embriagaba.

–Tengo entendido que esta mañana has ido a ver a Adham –le dijo él sin más.

–Sí.

–Y que has insistido en reunirte conmigo mañana por la mañana.

Ella tuvo la sensación de que su expresión era demasiado petulante.

–¿Que he insistido? –repitió con indignación–. Pensaba que habíamos quedado en que pediría cita para verte, por poco convencional que sea cuando una pareja está intentando conocerse.

–Es cierto, es en lo que habíamos quedado –admitió Zuhal, devorándola con la mirada.

Él había dicho aquello para que Jazz se diese cuenta de que no tenía ni tiempo ni ganas de juegos. Se había imaginado que, si actuaba con frialdad e indiferencia, tal vez ella reconsiderase su postura y volviese corriendo a sus brazos. Que, sin previo aviso, recorrería aquel pasillo secreto que comunicaba sus habitaciones y se metería en su cama.

Pero la jugada no le había salido bien.

Su frialdad no había tenido el efecto deseado y Jazz no se había metido en su cama. Seguía comportándose de manera remilgada e, irónicamente, eso había hecho que él la desease todavía más. Se le secó la boca. No podía desearla más.

–Pues ya has obtenido lo que querías –comentó ella pensativa.

–Todo lo contrario, Jazz –le respondió él en voz baja–. Sigo esperando lo que más deseo.

Ella frunció el ceño y, de repente, volvió a mirarlo como en el pasado. Se ruborizó y se le oscureció la mirada. Notó que se le erguían los pechos y sintió calor entre las piernas.

–Jazz –le dijo él con voz ronca, con un deseo que no podía ocultar.

No supo si había sido ella o él quien se había acercado al otro, ni le importó. No le importaba el método, solo el resultado. Gimió y rodeó a Jazz con los brazos, presa de un intenso deseo.

Ella separó los labios y gimió mientras Zuhal le metía la lengua en la boca. Él la acarició con la misma urgencia con que ella lo acariciaba a él, como si estuviesen descubriéndose, salvo que aquella no era su primera vez. Su primera vez ella había sido virgen y en esos momentos era una mujer sexualmente experimentada, que sabía muy bien lo que quería. Lo mismo que él.

Jasmine le acarició la erección y él profundizó el beso y la hizo retroceder hasta la pared, le quitó la túnica y la tiró al suelo antes de desnudarse también. Le quitó la ropa interior y la dejó caer sobre la alfombra persa mientras la acariciaba entre los muslos. El ambiente olía a sexo y Jasmine gimió.

–Sí.

De repente, se le olvidó todo. Se le olvidó que no debía estar haciendo aquello y que Zuhal no estaba utilizando protección. Solo pudo pensar en el momento, en él.

–Sí –repitió.

Zuhal la agarró por el trasero y la levantó para que lo abrazase con las piernas por la cintura, posicionándola para poder penetrarla, y haciendo un esfuerzo por controlarse después, por miedo a llegar al clímax en aquel mismo instante.

–Oh –gimió–. ¿No es estupendo, Jazz? No me digas que no te sientes mejor que en toda tu vida.

Ella respiró contra su cuello.

–¿Qué quieres, que te haga un cumplido, Zuhal?

No, no quería un cumplido. Zuhal se dijo que lo que quería era un orgasmo, que no quería nada más, pero eso era sencillo de conseguir. Entonces, dejó de pensar y se centró en las sensaciones de su cuerpo. Se movió dentro de Jazz mientras hacía todo lo que sabía que le gustaba, le mordisqueaba los pechos, la acariciaba entre las piernas, para que gimiese suavemente de placer.

Jazz llegó al orgasmo y él, inmediatamente después. La besó en los labios y sintió que se le encogía el corazón. Pasaron varios minutos y entonces Jasmine apoyó la cabeza en su hombro y bajó las piernas para volver a ponerse en pie. Él levantó la barbilla para mirarla a los ojos y ella le dijo:

–No. No digas nada.

–¿Ni siquiera quieres que te pregunte si te gustaría hacerlo otra vez?

–Si te respondiese que sí, ¿utilizarías protección?

Zuhal asintió.

–Por supuesto. No lo he pensado. No tenía la cabeza en eso.

Hubo un breve silencio.

–Yo tampoco, pero ahora necesito pensar. ¿Te importaría marcharte?

Él tardó un par de segundos en reaccionar y suspiró. Era la primera vez que lo echaban del dormitorio de una mujer, pero tuvo la sensación de que era más un indulto que un castigo. Porque en realidad era un alivio no tener que quedarse allí a analizar la situación.

Los dos sabían qué había ocurrido.

Habían tenido un sexo increíble. Ni más ni menos.

Zuhal sonrió con satisfacción y se permitió el breve lujo de desperezarse.

–Por supuesto –respondió, inclinándose a recoger su ropa.

# Capítulo 10

ESTABA amaneciendo cuando Zuhal se dirigió a los establos a la mañana siguiente. Sintió que su cuerpo estaba más relajado de lo habitual y lo atribuyó al increíble sexo que había tenido con Jazz la noche anterior, un encuentro erótico que volvía a excitarlo solo con recordarlo. Porque la tensión había empezado a formar parte intrínseca de su vida. Iba de la mano con los retos que lo esperaban como monarca. No obstante, no se había imaginado que también disfrutaría de aquellos retos, como tampoco se había imaginado que sería rey. Aquel nunca había sido su destino, pero su pueblo estaba empezando a aceptarlo, incluso a recibirlo de buen grado, y Zuhal estaba seguro de que iba a estar a la altura.

De hecho, aquel había sido su único consuelo tras la desaparición de Kamal, el tomar consciencia de que ya no se sentía como un extraño en su país de origen.

El cielo estaba teñido de naranja y rosa pastel cuando subió al caballo y lo hizo echar a andar. La noche anterior había sido crucial en muchos aspectos. Se había pasado la noche observando lo bien que desempeñaba Jazz su función de futura reina y su posterior capitulación sexual era un buen presagio para el futuro. Ya no podía haber nada que se interpusiese en su matrimonio. No podía haber ningún motivo para que ella se negase a darle una respuesta.

Sonrió. Recordó cómo le había quitado la ropa y cómo había gemido ella mientras la acariciaba entre los muslos. El orgullo estaba muy bien, pero la satisfacción sexual era una motivación mucho más poderosa. Se preguntó si aquel rápido y furioso encuentro haría que Jazz quisiese casarse con él lo antes posible.

Cabalgó durante casi una hora y estaba volviendo a los establos cuando, de repente, vio el brillo de una melena rubia a lo lejos. «Jazz». Se excitó nada más pensar en ella. Su túnica ondeaba con la suave brisa del desierto y se pegaba a sus deliciosas curvas, unas curvas que él había acariciado la noche anterior antes de llegar al orgasmo. Zuhal se preguntó, divertido, si Jazz estaría deseando repetir. ¿O qué hacía allí? Tal vez quisiese que la tumbase en el suelo del establo y la hiciese suya entre las pacas de heno.

–¿Hoy no te importa que te vean? –le preguntó él al desmontar, acercándose a ella.

–¿Que me vean? –repitió ella, confundida.

–En alguna ocasión te he visto observándome a escondidas, en un rincón del establo, mientras me quitaba la ropa.

Ella se ruborizó.

–No te preocupes, me gustó.

–¡No estoy preocupada! –replicó ella.

–¿Qué haces aquí? Que yo sepa, no hemos quedado hasta dentro de una hora y antes necesito darme una ducha, salvo que, después de lo ocurrido anoche, hayas decidido que quieres acompañarme. Yo estaría encantado de que me enjabonases todo el cuerpo, belleza mía. Hace demasiado tiempo que no nos duchamos juntos.

Jasmine deseó que Zuhal dejase de hacer aquellos comentarios que le provocaban recuerdos que después no se podía quitar de la cabeza. Sintió todavía más calor en las mejillas.

–No quiero hablar de eso –replicó–. Lo de anoche jamás debía haber ocurrido.

A él le brillaron los ojos.

–¿Estás segura?

–Completamente segura. Se supone que nos estamos conociendo de manera formal –continuó Jasmine.

–Como desees. Nunca he rogado a una mujer que tuviese sexo conmigo, Jazz, y no voy a empezar a hacerlo ahora.

–Más bien solía ser al revés, ¿no? –comentó ella con malicia.

Él esbozó una sonrisa y echaron a andar hacia los establos. Jasmine respiró hondo.

–Me encanta este olor –dijo de repente.

Zuhal se giró a mirarla.

–¿Qué olor?

–Ya sabes. A caballo, a cuero, a polvo, a sudor. A establos, supongo.

Suspiró.

–Tienes mucha suerte de haber podido montar en el desierto, sin vallas, casas ni carreteras en medio. Supongo que consigues sentirte libre de verdad, cosa que no te ocurría en Inglaterra.

Él frunció el ceño y dio las riendas del caballo a uno de los mozos de cuadra.

–Tengo la sensación de que sabes de lo que hablas.

–Pareces sorprendido.

–Tal vez lo esté. Pensé que eras un ejemplo de persona urbanita. ¿No me estarás diciendo que sabes montar a caballo, Jazz?

–Sí, sí que sé –admitió ella en voz baja–. Hasta los diez años, me encantaba todo lo relacionado con los caballos. No pensarás que siempre he sido pobre y que la equitación es un deporte de ricos, ¿verdad?

–¿Y qué ocurrió cuando tenías diez años? –le preguntó él con curiosidad mientras iban en dirección al palacio.

Jasmine intentó apartar la mirada de él y tragó saliva.

–Fue una continuación del episodio en el que se me cayó el helado –le dijo.

–¿El helado?

–Te lo conté en Londres, ¿recuerdas? Cuando mi padre se marchó de casa –le dijo ella con impaciencia–. ¿Es que no me estabas escuchando?

–Sí, por supuesto que te estaba escuchando. Perdóname. Estaba un poco distraído. Supongo que es normal, después de lo ocurrido anoche –le dijo él, haciendo un esfuerzo por mirarla a los ojos y no a los pechos–. Cuéntame, ¿qué ocurrió después de que tu padre se marchase de casa?

Había dejado de hablar y la estaba mirando, estaba esperando una respuesta.

–Que tuvimos que vender la casa y el coche –le explicó Jasmine–. Y, evidentemente, antes nos deshicimos de mi poni.

–¿Por qué?

La pregunta y la falta de comprensión la molestó. ¿Realmente era incapaz de ponerse en el lugar de una persona normal? Jasmine clavó la vista en sus pies, cubiertos por una fina capa de polvo, y deseó no haber salido en chanclas.

Después volvió a mirarlo a los ojos.

–Porque, además de haberse acostado con su joven secretaria y haberla dejado embarazada, causando un escándalo en el trabajo, mi padre había estado viviendo por encima de sus posibilidades. Había que pagar a los bancos y no teníamos dinero. Lo que significaba que mi madre se quedó casi sin nada. Tuvimos que irnos a vivir de alquiler a un apartamento minúsculo y mi madre tuvo que volver a trabajar, pero solo consiguió trabajo limpiando. De la mañana a la noche había pasado de ser una mujer de clase media a ser una criada, y jamás lo superó. Se puso enferma poco después. Tal vez ambas cosas estuviesen relacionadas.

Zuhal la miró a los ojos verdes. Pensó que debía de haber sido muy duro para ella y se dijo que tal vez la niñez fuese dura para todo el mundo. Ya cerca de palacio se cruzaron con varios sirvientes que bajaron la mirada a su paso. Él pensó en sus propios padres y en el llamado amor que había enrarecido el ambiente. Hizo una mueca. ¿Quién necesitaba amor? El respeto mutuo y el buen sexo eran una apuesta mucho mejor a largo plazo.

Vio cómo se reflejaba el sol en el pelo de Jazz y se la imaginó de niña, montando a caballo, con el pelo recogido en un moño y la fusta en la mano. Tenía que haberle dolido mucho perderlo todo. Porque, aunque a él no le gustaban los caballos tanto como le habían gustado a su hermano, aquellos paseos diarios eran de las cosas que más apreciaba en la vida.

–¿Te gustaría salir a montar conmigo mañana por la mañana? –le preguntó cuando Jasmine ya se estaba alejando de él.

Ella se giró, vacilante.

–Hace años que no monto –respondió–. No sé si me acordaré.

–Solo hay un modo de averiguarlo.

–No sé, Zuhal.

–¿Eso es un «sí»? –insistió él, porque en realidad deseaba que Jazz lo acompañase.

Pasaron varios segundos y entonces Jasmine asintió.

–Es un «sí». Y gracias. Aunque no voy a poder ir a tu ritmo. Dame el caballo más manso que tengas y me conformaré con dar un paseo por el jardín.

–De eso nada –la contradijo él–. Si quieres, yo te

enseñaré. Además, dicen que uno nunca se olvida de montar a caballo. Te acordarás en cuanto te subas a la silla.

–Eso dicen, sí –respondió ella, sonriendo antes de volver a palacio.

Zuhal pasó bajo la ducha más tiempo del acostumbrado, sobre todo, porque no conseguía calmar el estado de excitación sexual en el que estaba su cuerpo ni con agua helada. Se sintió divertido e intrigado por la determinación de Jasmine de ignorar lo ocurrido la noche anterior. Salvo que estuviese fingiendo tanto pudor y tuviese planeado seducirlo durante su reunión en la sala Damasco. Eso no estaría mal. En realidad, estaría muy bien. Así pues, ordenó a Adham que no los molestase nadie y le advirtió de que la reunión podría prolongarse.

Pero sus expectativas se torcieron en cuanto Jazz entró en la habitación y lo miró. Vestía una recatada túnica de color crema que la tapaba del cuello a los tobillos y se dejó caer graciosamente en uno de los mullidos sillones, apretando las rodillas y dando una imagen que no podría estar más alejada de la amante salvaje que había estado entre sus brazos la noche anterior.

–Me gustaría consultarte si es posible llevar la trona de Darius al comedor –empezó ella sin más preámbulos.

–¿Qué has dicho?

–Me parece que lo mejor es que intentemos vivir como una familia normal, aunque vivamos en un lugar que no sea en absoluto normal. Pienso que a

Darius le vendría bien comer con nosotros a mediodía. Eso es todo.

Zuhal frunció el ceño.

–¿Has olvidado que muchos días comen con nosotros delegaciones internacionales? –le preguntó él.

–No, no lo he olvidado, pero a ellos también les vendrá bien ver que el poderoso rey vive como cualquier otro hombre. Te verán más… accesible.

–¿No te parezco accesible? –quiso saber Zuhal.

Ella dudó.

–Pienso que, como rey, todavía no se te conoce y que si te ven interactuar con tu hijo verán tu cara más amable. ¿Se te ocurre algún motivo por el que no podamos intentarlo, Zuhal?

Él la miró a los ojos y esbozó una sonrisa.

–Supongo que no –le respondió, admirando su tenacidad.

Después debatieron la instalación de un pequeño arenero.

–¡No será por falta de materia prima, Zuhal!

Y, cuando quiso darse cuenta, la media hora había pasado y la reunión no había transcurrido como él había esperado, pero, por algún motivo, salió del salón silbando.

A la mañana siguiente, Jasmine se reunió con él en los establos y Zuhal descubrió que era una buena amazona. Enseguida conectó de manera natural con el caballo que él le había elegido. Al principio dieron paseos lentos y poco ambiciosos, sin alejarse demasiado de palacio, hasta que Jazz se sintió segura. Y él la observó trotar y después galopar con satisfacción. Su complicidad con el caballo fue aumentando y, poco a poco, empezaron a adentrarse en el desierto.

Y Jazz se olvidó de todas las preguntas que había dicho que quería hacerle. Tal vez porque montar a caballo acaparaba toda su atención, o porque era más lista de lo que él se había imaginado y prefería no acorralarlo. De vez en cuando le hacía alguna pregunta de poca importancia y él no se encerraba en sí mismo, como le había ocurrido en el pasado cuando alguna mujer había intentado conocerlo en profundidad. Y en una o dos ocasiones, Zuhal incluso había dado su opinión sin que ella se la pidiera. Como cuando había admitido que echaba de menos la rivalidad cordial y las bromas que había compartido con su hermano. O cuando había confesado que gobernar un país era mucho más difícil de lo que él se había imaginado y que tal vez había sido injusto con Kamal. Lo que no le dijo a Jazz fue que, por primera vez, tenía la sensación de que su vida tenía significado de verdad. Que ya no era el heredero «de repuesto», sino que tenía el poder y la posibilidad de marcar la diferencia.

Pero después de quince días saliendo a montar a caballo, Zuhal había decidido que quería volver a tenerla entre sus brazos y, a juzgar por el lenguaje corporal de Jazz, ella parecía estar de acuerdo. Llevaban demasiados días sin sexo. Zuhal la pondría en una situación en la que ella no pudiese distraerse ni con caballos ni con niños y le pediría que se casase con él.

El paseo del día siguiente fue el más ambicioso hasta el momento y Zuhal se mantuvo casi todo el tiempo al lado de Jazz mientras ambos cabalgaban en silencio.

–Mira allí –le dijo cuando redujeron la velocidad, señalando hacia lo lejos–. ¿Ves algo?

Ella forzó la vista y vio un pequeño punto en el horizonte que crecía según se iban acercando hasta que se convirtió en una tienda grande situada junto a un grupo de árboles y otras tiendas más pequeñas. Desmontaron a la sombra de los árboles y Zuhal ató a los caballos antes de que apareciesen dos sirvientes con agua para los animales.

–¿Esto es lo que llamáis un oasis?

–Eso es, Jazz –murmuró él.

Le hizo un gesto para que lo siguiese hasta el fresco interior de la tienda más grande, que estaba alejada de las demás. Ella se agachó para entrar y dio un grito ahogado al ver el interior adornado con lámparas de bronce y alfombras de seda. También había un diván grande junto a una mesa exquisitamente labrada sobre la que había pequeños vasos de todos los colores del arcoíris que brillaban como piedras preciosas.

–Oh, Zuhal, es precioso –comentó, incapaz de ocultar su admiración–. Nunca había visto algo tan bonito.

–¿Ni siquiera en el Granchester? –le preguntó él en tono sarcástico.

–Ni siquiera allí –le respondió Jasmine sonriendo.

Él inclinó la cabeza.

–Por favor, siéntate.

A pesar de que estaba ligeramente dolorida después del largo paseo a caballo, Jasmine obedeció y se hundió en los mullidos cojines que Zuhal le señalaba. Mientras, él dijo algo en su idioma natal y se sentó a su lado.

–¿Qué es este lugar? –le preguntó Jasmine.

Uno de los sirvientes apareció en la puerta de la tienda con una gran jarra de piedra y sirvió un líquido frío en dos de los pequeños vasos.

–Es mi refugio –admitió él cuando el sirviente se hubo marchado–. También era el refugio de mi hermano, y de nuestro padre antes que él. Es un lugar al que los reyes de mi país han venido siempre para escapar de la presión de la vida de palacio.

Jasmine asintió y dio un sorbo de la refrescante bebida. Llevaba días teniendo mucho cuidado para no apartar a Zuhal de su lado, con miedo a que su curiosidad lo alejase e intentando crear una relación de complicidad entre ambos, pero algo le dijo que había llegado el momento de indagar un poco más.

–¿Cómo es? –le preguntó, dejando el vaso y reclinándose sobre los cojines.

–¿El qué?

–Crecer en un palacio.

–Tú has vivido algo parecido –le respondió él sin más–. Ya sabes lo que es tener criados y pasar los días de obligación en obligación. Sabes cómo es tener la necesidad de comportarse siempre de manera formal, aunque tú te hayas empeñado en cambiar eso insistiendo en que nuestro hijo coma con nosotros.

A Jasmine le gustó que hablase de su hijo, en plural, por primera vez.

–¡No podrás negar que se ha comportado muy bien! –se defendió.

–Tienes razón.

Se hizo un silencio y, entonces, ella volvió a preguntar:

–Entonces, ¿cómo influía en tu familia el hecho de pertenecer a la realeza cuando eras niño?

Zuhal se encogió de hombros.

–Yo nunca conocí otra cosa. Mis padres tenían sangre azul los dos. Mi padre provenía de una familia de reyes del desierto y mi madre era la princesa del país vecino de Israqán.

–¿Fue un matrimonio de conveniencia? –le preguntó ella con cautela.

–Por desgracia, no. No lo fue. Si lo hubiese sido, tal vez habría podido funcionar. Pero mis padres se conocieron en la embajada de Razrastán en Nueva York y se enamoraron.

–¿Y eso te parece mal? –le preguntó Jasmine al oír acritud en su voz.

–Fue un desastre –admitió Zuhal, haciendo una mueca–. La experiencia me ha enseñado que el amor es solo una ilusión que justifica el deseo y que dicha… pasión no se puede mantener en el tiempo. Al principio es una explosión, pero las explosiones destruyen todo lo que las rodea. Y entonces llega el drama. Un drama interminable, con escenas, peleas y lágrimas. Y no sabes cómo odio los dramas.

–¿Es eso lo que les ocurrió… a tus padres?

–Eso es exactamente lo que les ocurrió –le dijo él con ojos brillantes–. Enseguida se acabó y lo único que quedó fue dos personas que eran incompatibles y que se odiaban.

–Siento mucho oír eso –lo consoló ella, guardando silencio un instante antes de preguntar–: ¿Y cómo lo llevaron?

Él volvió a encogerse de hombros.

–Mi padre buscó consuelo en otra parte y mi madre volcó todas sus energías en preparar a mi hermano para su acceso al trono.

–¿Lo consintió mucho?

–Podría decirse que sí –respondió Zuhal, dando un sorbo a su vaso antes de volver a dejarlo en la mesa–. Mi hermano creció pensando que era capaz de cualquier cosa, que era indestructible.

–¿Y dónde estabas tú en todo esto? –le preguntó Jasmine de repente–. ¿Dónde encajabas tú, Zuhal?

Él frunció el ceño. Muy perceptiva, pero tal vez demasiado certera. Pensó en cómo cambiar de tema cuando se dio cuenta de que nunca le había dicho aquello a nadie. En realidad, nunca había tenido la ocasión porque no había confiado en ninguna de sus amantes.

Pero, de repente, el deseo de conectar con Jazz fue más fuerte que su innato deseo de alejarse. Jazz necesitaba saber qué clase de hombre era en realidad, para que no se hiciese ilusiones poco realistas con él.

–Yo no encajaba en ninguna parte –confesó–. Entonces no. Era el hijo olvidado. El hijo invisible. No te sorprendas tanto, Jazz. Dicen que las madres siempre tienen a un hijo preferido y ese no era yo, pero estaba bien alimentado y bien cuidado, y eso era suficiente.

Vio que ella lo miraba con pena y le puso un dedo bajo la barbilla.

–¿No te parece que ya te he contado suficiente por hoy, Jazz? Seguro que se te ocurre una manera más agradable de pasar el tiempo que hablar de una época que ya forma parte del pasado para los dos.

El ambiente se enrareció. Ella lo miró a los ojos negros y se le aceleró el pulso. Quería saber más, pero sentía que aquel no era el momento, como también sentía que Zuhal la necesitaba en ese instante como no la había necesitado antes.

–Se me ocurren varias maneras –le respondió con voz ronca–. Depende de a cuál de ellas te refieras.

–Sabes muy bien a cuál me refiero.

Zuhal se puso en pie y fue a cerrar la entrada de la tienda. El interior se quedó en sombras, misterioso, únicamente iluminado por el brocado de plata del diván, los colores de las alfombras y el brillo de las lámparas de metal.

Él volvió a su lado y la tomó entre sus brazos.

–A esto me refiero.

Jasmine supo que iba a besarla, pero además de deseo sintió una abrumadora emoción al notar sus brazos alrededor y pensar en el niño pequeño al que nadie había querido. No obstante, se dejó recostar en los cojines y se olvidó de todo cuando sus labios chocaron con pasión.

Zuhal le desabrochó la camisa con dedos temblorosos y se la quitó, dejándola solo con los pantalones de montar, las botas y un sujetador de encaje negro.

–Así está mejor –murmuró.

–¿Y tú…?

–No más palabras, Jazz –la interrumpió él, sacudiendo la cabeza mientras se inclinaba para quitarle las botas.

Después continuó con los pantalones y cada movimiento fue una sensual tortura, ya que mientras le quitaba la ropa, Zuhal la fue acariciando suavemente. Jasmine dio un grito ahogado al notar que le desabrochaba el sujetador y sus pechos quedaban al descubierto, en la posición perfecta para que Zuhal tomase uno con la boca.

–Oh.

–He dicho que no más palabras.

–No he podido evitarlo.

Zuhal la recorrió con la mirada mientras se quitaba la ropa con rapidez para después tomar la mano de Jasmine y llevarla a su erección.

–¿Es esto lo que quieres? –le preguntó, mirándola a los ojos–. Porque yo tengo claro que es lo que quiero.

Jasmine no necesitó que la guiase más, empezó a acariciarlo y disfrutó de sus gemidos de placer. Tumbado a su lado, Zuhal la besó hasta hacerla temblar, la acarició con sus experimentadas manos hasta conseguir que se retorciese. Y por fin se colocó encima de ella y la penetró.

Jasmine cerró los ojos, abrumada por la sensación, y hundió los labios en su hombro cubierto de sudor. Porque no estaban contra la pared ni tenían prisa, sino que estaban compartiendo un momento muy íntimo y aterrador en lo que respectaba a sus implicaciones. Y solo Zuhal podía hacer que se sintiese así. Solo Zuhal podía conseguir que respondiese así.

–Zuhal –balbució, pero tal vez él no la oyó.

Tal vez estaba demasiado concentrado en darle placer como para fijarse en lo que ella sentía, o tal vez prefirió no tomar conciencia de ello. Y entonces Jasmine sintió que llegaba al orgasmo y dejó de pensar.

Él gimió poco después y derramó en ella su semilla. Cuando Jasmine recuperó la cordura, Zuhal tenía la cabeza morena apoyada en su pecho y un brazo alrededor de su cuello y ella se sintió demasiado sensible. Se preguntó si no corría el riesgo de enamorarse de él otra vez, a pesar de la distancia emocional que el jeque había marcado entre ambos. Entonces reparó de pronto en algo que le hizo poner los pies en la tierra bruscamente.

–Es la segunda vez que se nos olvida utilizar protección.

Él cambió de postura y bostezó.

–Al parecer, hacerlo así me sale de manera natural contigo –admitió Zuhal–. ¿Te importa?

Jasmine dudó, consciente de que algo había cambiado entre ambos. «Dilo», pensó. «No esperes que Zuhal adivine lo que estás pensando».

–Pienso que es mejor que decidamos si queremos tener otro hijo y cuándo –admitió con cautela–, a que lo dejemos al azar.

–¿Tú quieres tener otro hijo, Jazz?

Hubo un largo silencio.

–Si vamos a casarnos, sí, me parece que sí –le respondió ella por fin.

–Creo recordar que has sido tú la que ha estado posponiendo darme una respuesta.

Ella no negó la acusación, sino que cambió de postura para mirarlo a los ojos.

–Porque, hasta ahora, tenía la sensación de que no éramos más que dos desconocidos.

Él la miró fijamente.

–Pero ahora que ya no somos dos desconocidos... ¿estás contenta con que sigamos adelante?

«Contenta?». A Jasmine le resultó extraño que Zuhal utilizase aquella expresión, dadas las circunstancias. Hacía mucho tiempo que no se sentía contenta. Pensó que se había sentido satisfecha cuando, al quedarse embarazada, se había dado cuenta de que podía ser independiente y mantener a su hijo. Había sentido que tenía el destino en sus manos y tuvo que reconocer que, en esos momentos, lo que sentía por Zuhal amenazaba con desestabilizar todo lo que había conseguido.

Lo miró a los ojos. No obstante, esa mañana Zuhal le había mostrado una vulnerabilidad inesperada. Le había descrito el terrible ambiente que había en el palacio cuando él era niño, que sus padres habían sufrido y que, como consecuencia, él no creía en el amor. Y Jasmine lo comprendía, pero pensaba que también podía demostrarle que no tenía por qué ser así. Ella quería a Darius y tal vez Zuhal pudiese llegar a darse cuenta de que querer a alguien no tenía por qué ser siempre negativo. Y, si ocurría eso, quizás con el tiempo incluso podría amarla a ella. ¿O era demasiado desear?

–Sí –le respondió, muy seria–. Estoy contenta. Y estoy preparada para intentar que nuestro matrimonio funcione.

–Bien –le dijo él–. Entonces, estamos de acuerdo. Nos casaremos lo antes posible. Nos convertiremos en marido y mujer y compartiremos el objetivo de un futuro estable, no solo por la monarquía, sino también por Darius, y por los hermanos y hermanas que le podamos dar.

Ella pensó que todo sonaba demasiado formal, que parecía que estuviesen firmando un acuerdo comercial, pero entonces Zuhal la besó y ella se olvidó de todas sus dudas.

Le devolvió el beso y dejó que él la colocase encima de su cuerpo. Y, de repente, notó que volvía a estar dentro de ella y pensó que todo estaba ocurriendo demasiado deprisa. Estaba otra vez a punto de llegar al clímax. Zuhal, que la estaba observando, le acarició los pechos y ella explotó por dentro, haciendo que él llegase al clímax también.

Después se quedaron tumbados, en silencio, y

Jasmine se sintió esperanzada con su futuro y aceptó la sugerencia de Zuhal de volver a palacio. Todavía con aquella sensación de aturdimiento, se vistieron y bebieron un poco más de zumo antes de salir de la tienda, fueron hasta donde estaban los caballos, que también parecían aletargados, e hicieron el camino de vuelta despacio, disfrutando del paseo.

Zuhal no supo en qué momento había advertido que había algo diferente en palacio. No supo si era la sensación de que alguien los observaba desde las ventanas, o el llegar a los establos y encontrarse allí con tres de sus asesores, entre ellos, Adham.

La expresión de este último era indescifrable y Zuhal tuvo un mal presentimiento, pero entonces Adham sonrió y se acercó a saludarlo.

–¡Alteza! –exclamó, sin esperar a que Zuhal desmontase–. ¡Tengo una noticia maravillosa! Su hermano ha vuelto. ¡El rey está vivo!

# Capítulo 11

SE PUEDE saber dónde has estado?

Zuhal miró fijamente a su hermano, al que casi no reconocía. Kamal estaba demacrado, con los ojos hundidos, y harapiento. Debía de haber perdido unos diez kilos y llevaba el pelo largo, por debajo de los hombros. Solo su porte altivo indicaba que no era un hombre normal y corriente que hubiese estado perdido meses y meses en el desierto.

–Dime –insistió Zuhal, y su voz retumbó en la sala del Trono.

Solo el reflejo del pelo de Jasmine le recordó que estaba sentada junto a la ventana, toda su atención estaba puesta en su hermano. No se podía creer que, en vez de sentir alivio por la vuelta de su único hermano, solo pudiese sentir ira.

–¿Me vas a dar alguna explicación? ¿Cómo es posible que hayas vuelto de repente? Hemos estado buscándote durante meses.

Kamal asintió. Estaba tenso, como si no quisiese recordar lo ocurrido.

–Nos sorprendió la tormenta y me perdí con mi caballo…

–Eso ya lo sé, Kamal –lo interrumpió Zuhal con impaciencia–. Y, si te hubieses molestado en decirle a alguien dónde estabas, te habríamos encontrado.

–No. Jamás habríais podido encontrarme –le respondió Kamal–, porque he estado en la parte más remota e inaccesible del desierto, malherido, con una pierna rota.

–Oh, hermano –dijo Zuhal con voz temblorosa, emocionado.

–Si no hubiese sido por la tribu nómada de Harijia, que me encontró y me cuidó, habría muerto –continuó Kamal, bajando la vista a sus manos–. He estado viviendo en sus tiendas durante muchos meses y me han enseñado mucho acerca de una tierra que yo pensaba conocer. Me ha gustado vivir allí.

Kamal miró a su hermano a los ojos.

–Durante un tiempo, pensé que quería quedarme allí. Tal vez una parte de mí no quería volver y continuar siendo rey.

Hubo un silencio.

–¿Y qué te hizo cambiar de opinión? –le preguntó Zuhal.

Hubo otro silencio.

–He oído que vas a casarte con una mujer inglesa –admitió Kamal–. Y que tiene un hijo.

Jasmine se puso en pie sin hacer ruido y salió de la habitación, nadie se percató de ello. Por supuesto que no. Desde que habían vuelto a palacio, había sido invisible para el hombre en cuyos brazos había estado hasta un rato antes, y la razón era evidente.

El rey había vuelto y ella ya no tenía nada que hacer allí.

Kamal, que estaba exhausto, se retiró temprano y Jasmine pasó la noche en la cama de Zuhal, pero aquella noche sus relaciones íntimas, aunque satisfactorias, fueron casi superficiales y Zuhal se negó a hablar de las repercusiones de la vuelta de su hermano en su futuro. A la mañana siguiente, Zuhal salió a cabalgar temprano y Jasmine se sintió decepcionada al darse cuenta de que no la había llevado con él. ¿Habría permitido que lo acompañase solo para que accediese a casarse con él?

Ya no había ningún motivo para que se casasen.

Jasmine estaba en una situación extraña. Se sentía sola y asustada, más asustada que cuando había descubierto que estaba embarazada. No quería presionar todavía más a Zuhal, pero aquella sensación de estar en el limbo no se lo ponía fácil. Necesitaba enfrentarse a los acontecimientos y preguntarle al jeque qué quería realmente tras la vuelta de su hermano. Tal vez pudiese hacerlo cuando estuviesen en la cama, después de haber tenido sexo. Tal vez mientras lo abrazaba por la cintura y él le mordisqueaba el cuello. ¿O sería más fácil hacerlo sentados a la mesa, para no sentirse ella tan desnuda y vulnerable? Para poder tener la oportunidad de levantarse y marcharse, y de llorar con dignidad y en privado…

Por la tarde, sacó a Darius a dar un paseo y se

dijo que se sentaría tranquilamente en la rosaleda para intentar decidir cuál era el mejor momento para hablar con Zuhal. Pensó que iba a echar mucho de menos aquel lugar y se le encogió el corazón.

Antes de llegar a aquella zona del jardín, oyó voces y se preguntó de quién serían. Avanzó en silencio y pronto descubrió que se trataba de su amante y del hermano de este.

No quiso escuchar a escondidas, de hecho, estaba a punto de darse la vuelta para marcharse de allí cuando oyó que mencionaban su nombre. Así que no se pudo marchar, quiso saber qué decían de ella, quiso conocer la verdad.

–¿Jazz? –inquirió Zuhal–. ¿Qué pasa con Jazz?

–¿No se enfadará por no ser reina, ahora que he vuelto yo?

–Ella no tiene nada que opinar.

–Pero es una mujer, Zuhal, y las mujeres son ambiciosas con respecto a sus hombres.

–Jazz, no –le dijo Zuhal–. No tenemos ese tipo de relación.

–¿Y qué tipo de relación tenéis? –le preguntó Kamal.

–Es imposible de definir.

–¿Sí? ¿Y todavía quieres casarte con ella, ahora que estoy yo aquí?

–Todavía no lo he decidido.

A Jasmine no le gustó aquella arrogancia, ni que Zuhal pensase que era él quien tomaba todas las decisiones.

–¿La amas? –le preguntó Kamal.

Hubo un silencio y Jasmine, a la que se le había acelerado el corazón, aguzó el oído.

–No –respondió Zuhal–. A estas alturas ya deberías saber que yo no amo a nadie, Kamal.

Ella ya lo había sabido, pero aun así le dolió oírlo.

Zuhal ya le había dicho antes que no era capaz de amar, que no quería amar, y sus motivos eran comprensibles. Se lo había dicho a ella y, en esos momentos, se lo estaba confirmando a su hermano. Tal vez le estaba haciendo un favor. Jasmine se preguntó si realmente habría podido conformarse con pasar la vida con él, sin mostrar sus sentimientos para no enfadarlo. ¿Qué ejemplo sería ese para su hijo?

Se marchó de allí temblando y convencida de que solo había una solución. Fue a buscar a Darius y después al despacho de Zuhal. A pesar de que Adham intentó impedírselo, entró en la habitación sin llamar a la puerta y se lo encontró al teléfono.

–No te esperaba –le dijo él en tono de reproche.

–Lo he oído todo.

–¿El qué? –preguntó él, frunciendo el ceño.

–En el jardín, te he oído hablando con tu hermano. Te he oído decir que no me amas.

Zuhal no se inmutó.

–Pero eso ya lo sabías, Jazz. Nunca te he mentido.

–No, no me has mentido.

Jasmine respiró hondo.

–Y a pesar de que una parte de mí te respeta por

haber sido sincero, me he dado cuenta de que no puedo vivir así. Y tampoco es bueno para nuestro hijo.

–¿Qué esperas que te responda? –le preguntó Zuhal–. ¿Quieres que te diga que no hablaba en serio?

–No, no espero eso, Zuhal. Quiero que sepas que te admiro porque nunca me has mentido ni me has hecho falsas promesas.

Jazmine volvió a tomar aire.

–Pero quiero que lo organices todo para que Darius y yo volvamos a Inglaterra lo antes posible.

Él arqueó las cejas.

–¿Qué?

Jasmine se encogió de hombros.

–Que quiero que nos busques un lugar en el que podamos vivir, cerca de Londres. Si es posible, que sea una casa, para que Darius tenga un jardín en el que jugar. Mientras tanto, me gustaría volver a Oxfordshire. Puedes mandarme a los guardaespaldas si quieres, entiendo que Darius, al ser tu hijo, necesita protección. En cualquier caso, quiero volver, Zuhal. Cuanto antes.

Zuhal apretó los labios enfadado porque se sentía manipulado. Se dijo que, si esperaba que intentase convencerla de que se quedase allí, iba a llevarse una decepción. No discutió con ella, ya había tenido aquel tipo de conversación con muchas mujeres en el pasado, aunque nunca con Jazz, pero reconocía el chantaje emocional. Iba a marcharse.

E iba a llevarse a su hijo con ella.

Se mantuvo frío mientras organizaba su viaje y despedía a Jazz y a Darius en el aeropuerto, pero fue consciente de que tenía el corazón encogido al verlos alejarse en su avión privado. Tuvo la sensación de que una nube negra se cernía sobre él al decirle adiós a su hijo, que era demasiado pequeño para darse cuenta de lo que estaba ocurriendo. Se sentía culpable y enfadado, y se había sentido tentado de decirle a Jazz que no iba a permitir que se llevase al niño de allí, pero también era consciente de que el niño necesitaba a su madre.

Le dio la espalda al aparato porque una mota de polvo se le había metido en el ojo y le había empezado a llorar. Volvió a palacio y se pasó el resto del día trabajando.

No tuvo noticias de Jazz hasta que hubieron aterrizado en Inglaterra y lo que recibió fue un mísero mensaje de texto: *Ya hemos llegado.*

Él respondió con otro mensaje igual de escueto: *Me pondré en contacto contigo para hablar de Darius.*

Ella no respondió, lo que lo enfureció todavía más.

Ya había cedido el testigo casi completamente a Kamal, así que decidió premiarse alargando su paseo a caballo y pensó que el ejercicio físico lo ayudaría a calmar la frustración que sentía en esos momentos. No obstante, en aquella ocasión ni el ejercicio ni la belleza del desierto funcionaron y Zuhal se dio cuenta de que echaba de menos a Darius mucho más de lo que se había imaginado. Apretó los labios. Viajaría a Europa a verlo, pero lo haría cuando él quisiese, estableciendo él las condiciones.

Hizo escala en París para asistir a una reunión que tenía pendiente desde hacía tiempo y se alojó en un hotel de lujo con vistas al Sena. En realidad, iba a estar solo una noche y no tenía ganas de salir, pero se encontró con Alejandro Sábato, un exjugador de polo, y accedió a cenar con él. Había olvidado lo mucho que el carismático argentino atraía a las mujeres, que acudieron a su mesa como moscas a la miel para fotografiarse con él y, para su disgusto, había paparazis esperándolos cuando salieron del restaurante.

A la mañana siguiente, todavía con la sensación de tener arena en los ojos, tomó el avión para ir a Inglaterra. Intentó avisar a Jazz, pero la llamada fue directa al buzón de voz. Ella no le devolvió la llamada ni tampoco respondió cuando Zuhal volvió a intentarlo después de aterrizar en el aeropuerto.

Le había comprado una casa bastante cerca de donde había vivido antes, pero mucho mejor que la anterior, rodeada de jardín, y con grandes ventanales. Delante de la puerta gris claro había dos geranios rojos y el pequeño coche deportivo que Zuhal había insistido en comprarle también estaba aparcado delante del garaje, pero llamó a la puerta y no obtuvo respuesta. Lo intentó de nuevo, pero el resultado fue el mismo. Frunció el ceño.

¿Dónde estaba Jazz?

Cada vez más enfadado, volvió a la limusina a

esperar y se preguntó si Jazz estaría bien y por qué había accedido él a que se fuese a vivir a la campiña inglesa. Cuando ella volvió, con una bolsa con comida en el cesto de la sillita del niño, Zuhal estaba a punto de explotar.

Jazz volvía a llevar pantalones vaqueros y una camiseta, y el pelo recogido en una trenza. Nada más lejos de la imagen de la reina en la que había estado a punto de convertirse, pero a Zuhal se le encogió el corazón al verla.

–¿No habría sido más sensato pedirle a uno de los guardaespaldas que hiciese la compra? –le preguntó mientras la ayudaba a colocar la sillita en el espacioso recibidor de la casa sin despertar al niño–. En vez de venir cargada tú.

–No si quiero hacer como si llevase una vida normal –le respondió ella–. Pensé que ibas a venir ayer.

–No has respondido al teléfono.

–¿Y? Podías haberme dejado un mensaje.

–No me gusta dejar mensajes.

–Todos tenemos que hacer cosas que no nos gustan, Zuhal, pero habría sido un detalle avisarme de que no ibas a llegar cuando me habías dicho. Tengo que poder confiar en ti, Darius es demasiado pequeño para darse cuenta ahora, pero en el futuro necesitará saber que vas a presentarte cuando has dicho.

Él frunció el ceño. Jazz tenía razón, pero era la primera vez que alguien le hablaba así.

–Tenía negocios que atender en París.

–Ya lo he visto en los periódicos.

–Pensé que no leías los periódicos.

–Pues…

Jasmine se quedó sin palabras, tragó saliva y levantó la barbilla con testarudez.

–¿Qué has venido a hacer aquí, Zuhal? Si has venido a ver a Darius, ¿te importaría esperar en el salón a que se despierte? Si estás aquí para que organicemos las visitas, sería mejor que se hiciese de manera oficial, a través de tus abogados, ¿no?

Él la miró fijamente.

–¿Es eso lo que quieres?

Jasmine volvió a tragar saliva, pero sus palabras salieron como si no las estuviese diciendo ella.

–Sí, es lo que quiero.

Zuhal se quedó inmóvil, sorprendido. Sintió algo parecido al dolor, no un dolor brutal, sino algo más insidioso. Se llevó la mano al pecho y la miró a los ojos.

–¿Jazz? –le dijo con voz temblorosa, sin saber realmente lo que quería decirle.

–No estoy segura de poder afrontar esto –le dijo ella, sacudiendo la cabeza–. Ahora no. No estoy de humor. Me dijiste que no te gustaban los dramas, pues a mí tampoco. No te esperaba y no estoy… preparada.

–¿Por qué necesitas prepararte para mi visita?

–Eso no importa.

–Sí que importa. A mí me importa.

Jasmine lo miró fijamente. ¿Tan tonto era? ¿No se daba cuenta de lo que sentía por él? ¿De que lo echaba de menos?

Pero ¿para qué se lo iba a decir? ¿Por qué iba a admitir que era débil, que lo amaba, si él no quería su amor? Seguirían viéndose a lo largo de los años porque tenían un hijo en común y tenían que tener una relación civilizada. Y eso no ocurriría si Zuhal pensaba que estaba loca por él. De repente, Jasmine se lo imaginó riéndose de ella, tal vez mientras estaba en la cama con otra mujer.

No iba a darle esa satisfacción. Se miró el reloj.

–¿Qué más da, Zuhal? Tengo cosas que hacer, perdóname, va a venir alguien a ver mis diseños de ropa de bebé.

Zuhal frunció el ceño al darse cuenta de que le ocurría algo. Recordó una mañana en la que se había encontrado a Jazz en la habitación del niño, justo antes de que regresase Kamal. Estaba sentada en el suelo, empujando un globo delante de su hijo. Al entrar él, había levantado la cabeza y le había sonreído, feliz, y él le había devuelto la sonrisa. Después se había marchado hacia su despacho silbando. Pensó en las mañanas que salía a montar a caballo solo desde que ella se había ido, que ya no le parecían mágicas, en especial, porque no estaba ella. En la mesa vacía a la hora de la comida. En la trona que habían retirado del comedor, como si Darius nunca hubiese estado allí.

Apretó la mandíbula y sintió un dolor insoportable. Se marcharía después de ver a su hijo. Estaba de acuerdo en que, en un futuro, sería mejor que las visitas se realizasen en un lugar neutral, a través de sus respectivos abogados. También podía decirle la verdad, una verdad que él solo estaba empezando a comprender.

Recordó el día en que se había enterado de que tenía un hijo y le había dicho a Jazz que tenía que casarse con la mujer adecuada y que Darius sería su póliza de seguros si esa mujer resultaba no ser fértil. Se dio cuenta de lo crueles que habían sido sus palabras y de que, hasta entonces, nunca se había parado a considerar las consecuencias de su discurso. Pensó en lo tolerante que había sido Jazz, en lo fuerte y valiente que había sido al llegar a palacio. Recordó cómo lo había rechazado nada más llegar.

–Jazz, escúchame.

–Ya nos hemos dicho todo lo que teníamos que decirnos.

–Te equivocas. Yo ni siquiera he empezado, y voy a empezar diciéndote lo mucho que te echo de menos…

–¡No! –gritó ella con desesperación, como si no soportase oír lo que Zuhal le iba a decir–. Si hay algo que siempre he admirado de ti es tu sinceridad, así que, por favor, no lo estropees mintiéndome.

–Solo te voy a decir la verdad –argumentó él–. Me he dado cuenta del motivo por el que terminé la relación contigo la primera vez.

–No –susurró ella, sacudiendo la cabeza–. No.

–Porque me hacías sentir –continuó él–. Y yo no quería sentir. Hice una lista de todos los motivos por los que no teníamos futuro y me obligué a creerlos, pero nunca me olvidé de ti, Jazz. Jamás.

¿Por qué, si no, piensas que fui a buscarte cuando necesitaba desahogarme con alguien tras la desaparición de mi hermano?

–¿Porque pensaste que sería una victoria fácil?

Él negó con la cabeza.

–No. No fue por eso, ni porque fueses la mejor amante que había tenido, sino porque sabía que contigo podría romper mis propias normas y hablar. Ese también es el motivo por el que, desde entonces, no he estado con ninguna otra mujer.

Jasmine lo miró con incredulidad.

–¿Me estás diciendo que no te has acostado con nadie más desde que rompimos?

–Sí, te lo estoy diciendo porque es la verdad –insistió él–. Como también es cierto que mis paseos matutinos a caballo ya no son lo mismo porque no estás a mi lado para hablar, y que el palacio parece vacío sin ti. Te diré algo más, algo que eclipsa todo lo demás: te quiero. Te quiero, Jazz.

–Pero si no quieres amar a nadie. Si no sabes amar.

–Eso pensaba yo y por eso te lo dije, pero he descubierto que estaba equivocado. No quiero vivir sin eso, sin ti ni sin Darius. Mi familia, lo más maravilloso del mundo, que he estado a punto de perder.

Zuhal tomó sus manos y a pesar de que ella no reaccionó, tampoco las retiró.

–¿Me perdonarás por haberte dicho cosas tan crueles? ¿Me darás otra oportunidad para que te demuestre que soy capaz de cambiar, de amar? ¿Permitirás que me convierta en el marido que te mereces? ¿Que te cuide y te proteja durante el resto de mi vida?

Ella volvió a sacudir la cabeza con la mirada clavada en la alfombra de seda que Zuhal había hecho llevar desde Razrastán, pero, cuando por fin levantó la vista, tenía los ojos llenos de lágrimas.

–Sí –susurró por fin, con una lágrima deslizándose por su rostro–. ¿Cómo te voy a decir que no, si yo te amo también? Nunca he dejado de amarte, por mucho que lo haya intentado.

Él sonrió a pesar de que era consciente de que había estado a punto de perderla y la abrazó.

–Ya no tienes que intentarlo más, mi amor. Lo único que tienes que hacer es sellar nuestro amor de la manera más tradicional –le dijo, acercándose a su rostro–. Bésame, Jazz. Bésame y convénceme de que todo esto es real.

# Epílogo

HACÍA una noche cálida y perfecta en Inglaterra. El sol estaba terminando de ocultarse y la oscuridad empezaba a invadirlo todo. En la terraza de su casa, desde la que se veían las colinas y el campo, Jasmine se quitó los zapatos, que tenían demasiado tacón, pero eran los favoritos de su marido. Cerró los ojos un instante y se repitió aquellas dos palabras.

«Su marido».

El hombre con el que se había casado y al que amaba. El hombre que la amaba a ella y que se lo demostraba siempre que tenía la oportunidad.

Zuhal salió en ese momento de la casa, después de haber dado un beso de buenas noches a sus tres hijos, tras haberles leído una fábula de Razrastán. A Darius le gustaba mucho una acerca de un halcón del desierto que descubría los rubíes perdidos antes de convertirse en príncipe y casarse con la princesa. Por increíble que pareciese, Darius ya casi tenía cinco años y era un niño travieso al que le gustaba provocar a sus hermanas gemelas, Yasmin y Anisa, que tenían dieciocho meses.

Jasmine lo miró y sonrió.

–¿Todo bien?

Zuhal respondió esbozando una sonrisa, con los ojos brillantes.

–Ya están profundamente dormidos, lo que significa que tenemos el resto de la noche para nosotros. ¿Qué te gustaría hacer, mi amor?

Lo que quería hacer Jasmine en ocasiones era pellizcarse, preguntarse si era posible que todo les fuese tan bien, porque así era. A pesar de unos inicios difíciles, había conseguido construir con el jeque de Razrastán una relación con la que jamás habría podido soñar.

Se había casado con Zuhal en una ceremonia espléndida en su país, a la que había asistido la élite del mundo entero y, en ausencia de su padre, había sido Kamal el que había hecho de padrino. Jasmine había estrechado su relación con el rey ya antes de su boda y durante las posteriores visitas al país y, tal y como le había contado a Zuhal, tenía la sensación de que a Kamal le había ocurrido algo relacionado con una mujer durante los meses que había estado desaparecido en el desierto.

Entonces había ocurrido algo maravilloso. Su exmarido se había enterado a través de la prensa de que iba a casarse y se había puesto en contacto con ella para desearle que fuese muy feliz y contarle que él también había vuelto a casarse. De hecho, Richard y David les habían enviado como regalo de boda una edición muy antigua de poemas razrastaníes y, así, con un gesto tan sencillo, se había cerrado para ella otra herida del pasado.

Nada más casarse, Zuhal y ella habían decidido

instalarse en Inglaterra, en una enorme finca en el bello condado de Sussex, donde Zuhal había conseguido algo con lo que había soñado toda su vida: tener su propio club de polo. Había tardado un tiempo en acostumbrarse a la idea de que, en vez de ser un próspero rey era un próspero hombre de negocios, pero pronto había sido consciente de los beneficios de su nueva vida. En esos momentos, todas sus esperanzas y miedos estaban volcados en su querida esposa.

Al empezar con el club de polo, Zuhal había recibido el apoyo y los consejos del conocido exjugador Alejandro Sábato, quien le había asegurado a Jasmine que no tenía de qué preocuparse a pesar de la fotografía que había aparecido en la prensa, de los dos hombres saliendo de un restaurante de París rodeados de mujeres.

–Aquella noche estuvo inusualmente silencioso –había comentado Alejandro–. Y mencionó tu nombre en varias ocasiones. Yo ya me percaté entonces de que estaba enamorado de ti.

Zuhal se acercó a ella y empezó a masajearle los hombros y Jasmine sonrió. «Enamorado». Sí. El que había sido su amante, un hombre encerrado en sí mismo, se había convertido en el marido más cariñoso del mundo.

–No has respondido a mi pregunta –murmuró Zuhal, inclinándose a besarla en el cuello–. ¿Qué te gustaría hacer esta noche?

Ella volvió la cabeza para poder mirarlo a los ojos.

–¿Tienes alguna sugerencia?

–Tengo muchas –murmuró él–, pero eres una mujer extremadamente difícil de complacer. He intentado colmarte de joyas, pero eso no te interesa.

Ella levantó la mano izquierda y miró la piedra azul que brillaba en su dedo y que procedía de las cámaras acorazadas de palacio.

–Con un diamante tengo suficiente.

–También te propuse ir a pasar el fin de semana a París, pero no quisiste.

–Porque donde mejor se está es en casa.

Zuhal sonrió.

–Ni siquiera has querido que salgamos a cenar esta noche, a pesar de que tenía pensado llevarte a un restaurante cuyo chef acaba de conseguir su tercera estrella Michelin. Así que no sé qué te apetece hacer esta noche, mi preciosa jequesa al Haidar.

Jasmine se rio suavemente y se puso en pie, abrazó a su marido por el cuello y puso los labios a escasos centímetros de los de él.

–Creo que me gustaría llevarte a la cama –murmuró–. Para demostrarte lo mucho que te quiero y lo mucho que valoro que formes parte de mi vida.

Zuhal asintió, de repente, se le había hecho un nudo en la garganta.

–¿Quieres que te vuelva a decir que me convertí en el hombre más afortunado del mundo cuando, aquel día, entré en la boutique del hotel Granchester y te vi allí, ruborizada, sin atreverte a mirarme a los ojos?

El rostro de su esposa estaba casi pegado al de él

y, como hacía Zuhal en momentos de gran emoción, que ya no intentaba negar ni ocultar, utilizó un fragmento de un poema en su lengua materna, que Jazz estaba empezando a comprender, para expresarse.

–«Si te pusiera junto a todos los planetas que brillan en el inmenso cielo del desierto» –le dijo con voz ronca–, «tú brillarías todavía más, mi querida Jazz».

Inclinó la cabeza y empezó a besarla, con ternura al principio y, después, cada vez con más pasión. Y cuando la tomó en brazos para llevarla a la cama las estrellas brillaban como polvo de diamantes sobre sus cabezas.

# Bianca™

**La atracción que sentían el uno por el otro iba a cambiarles la vida...**

## OFERTA IRRESISTIBLE

Julia James

**Nº 2766**

Talia Grantham, una heredera consciente de su deber, pasó una noche maravillosa con un atractivo desconocido, Luke Xenakis, sabiendo que nunca podría haber nada más entre ellos.
Así que se quedó asombrada cuando se enteró de que el enigmático griego había adquirido la empresa y todos los bienes de su padre. El arrogante Luke le ofreció a Talia un empleo para salvar la casa familiar. Y ella no pudo rechazar la oferta... ni negar la química existente entre ellos.

¡YA EN TU PUNTO DE VENTA!

# Acepte 2 de nuestras mejores novelas de amor GRATIS

## ¡Y reciba un regalo sorpresa!

## Oferta especial de tiempo limitado

**Rellene el cupón y envíelo a**

**Harlequin Reader Service®**

3010 Walden Ave.
P.O. Box 1867
Buffalo, N.Y. 14240-1867

**¡Si!** Por favor, envíenme 2 novelas de amor de Harlequin (1 Bianca® y 1 Deseo®) gratis, más el regalo sorpresa. Luego remítanme 4 novelas nuevas todos los meses, las cuales recibiré mucho antes de que aparezcan en librerías, y factúrenme al bajo precio de $3,24 cada una, más $0,25 por envío e impuesto de ventas, si corresponde*. Este es el precio total, y es un ahorro de casi el 20% sobre el precio de portada. !Una oferta excelente! Entiendo que el hecho de aceptar estos libros y el regalo no me obliga en forma alguna a la compra de libros adicionales. Y también que puedo devolver cualquier envío y cancelar en cualquier momento. Aún si decido no comprar ningún otro libro de Harlequin, los 2 libros gratis y el regalo sorpresa son míos para siempre.

416 LBN DU7N

Nombre y apellido (Por favor, letra de molde)

Dirección Apartamento No.

Ciudad Estado Zona postal

Esta oferta se limita a un pedido por hogar y no está disponible para los subscriptores actuales de Deseo® y Bianca®.
*Los términos y precios quedan sujetos a cambios sin aviso previo.
Impuestos de ventas aplican en N.Y.

SPN-03 ©2003 Harlequin Enterprises Limited

Bianca

**Ella le dio un hijo....y conseguiría convertirla en su reina**

EN EL REINO DEL DESEO

Clare Connelly

Nº 2764

La vibrante artista Frankie se quedó perpleja cuando el enigmático desconocido al que había entregado su inocencia reapareció en su vida. Sus caricias habían sido embriagadoras, sus besos, pura magia… y su relación había tenido consecuencias que Frankie no había podido comunicar a Matt porque había sido imposible localizarlo. Pero no se esperaba recibir una sorpresa aún mayor: ¡Matt era en realidad el rey Matthias! Y, para reclamar a su heredero, le exigía que se convirtiera en su reina.

¡YA EN TU PUNTO DE VENTA!

# DESEO

*Siempre le había gustado el hermano de su ex,*
*ahora él la necesitaba, y mucho*

## Una antigua atracción

MAUREEN CHILD

Nº 2134

Cuando Adam Quinn se convirtió en el tutor legal del hijo de su hermano fallecido, le tocó pedir refuerzos. Y entonces apareció Sienna West, la inteligente y sexy fotógrafa que había estado casada con el inútil del hermano de Adam. Sienna se apartó de la familia Quinn tras el divorcio, pero no podía negarse ante la necesidad que había en el tono de voz de Adam… o el deseo que reflejaba su mirada. Un deseo que ya no tenían prohibido explorar.

¡YA EN TU PUNTO DE VENTA!